Khalil Gibran

DAM' AH WA-IBTISAMAH

纪伯伦全集（第二卷）· 阿拉伯文卷

泪珠和欢笑

DAM'AH WA-IBTISAMAH

〔黎〕纪伯伦 著　关偁 等译

全国百佳出版社
中央编译出版社
CCTP
Central Compilation & Translation Press

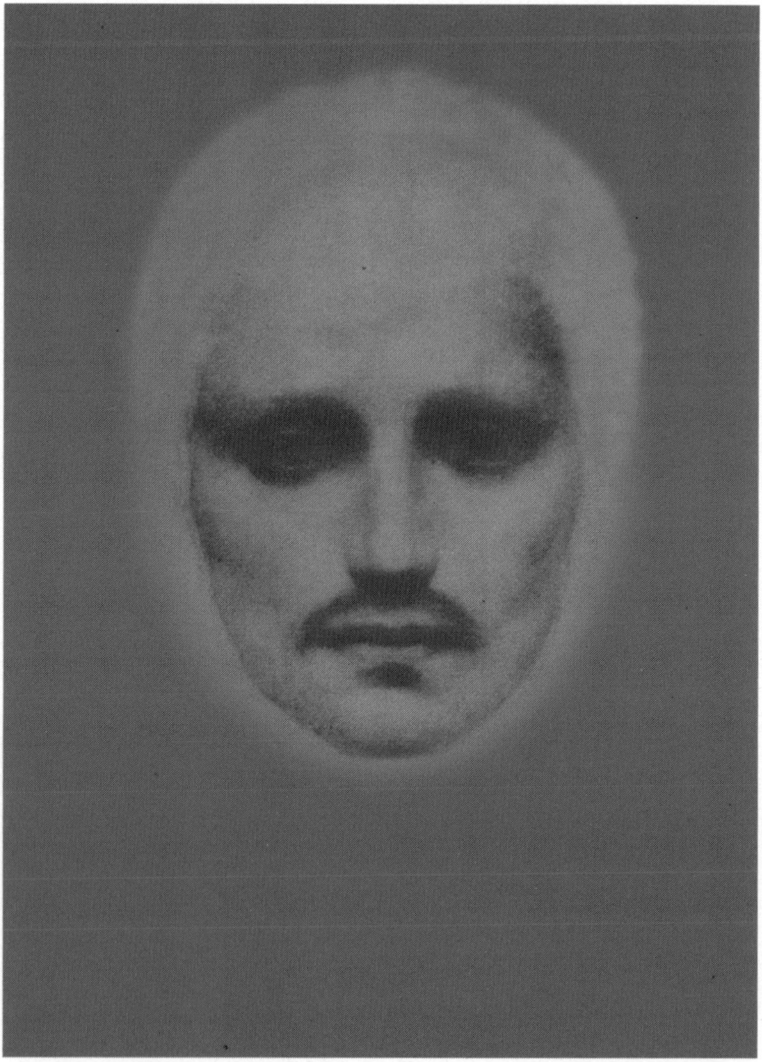

纪伯伦自画像

纪伯伦自绘作品插图

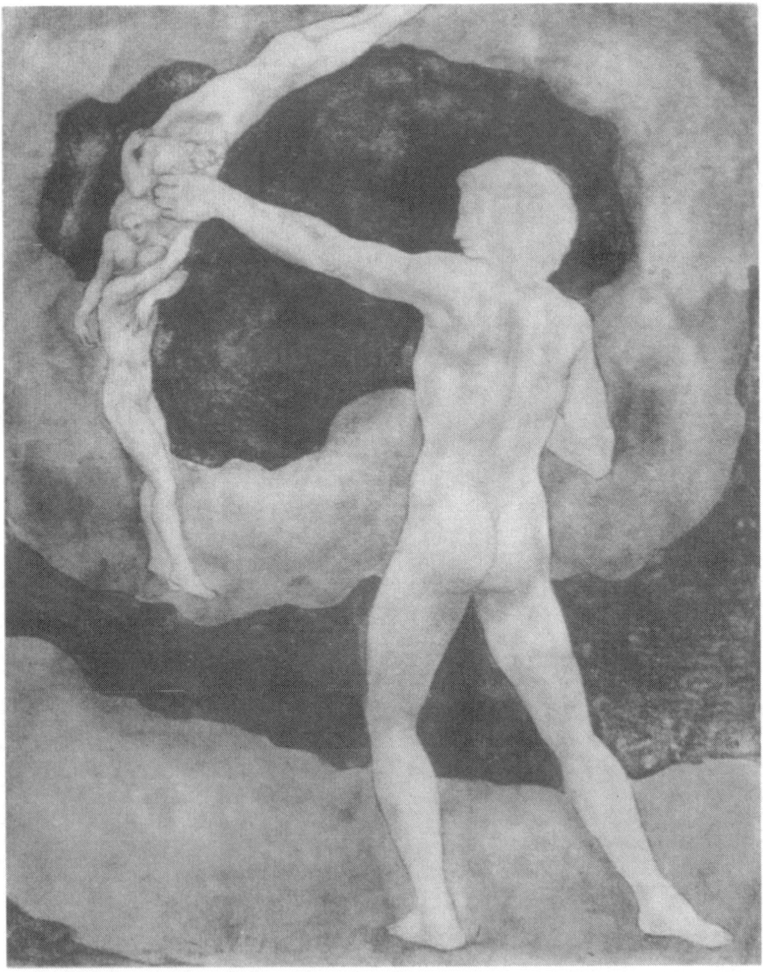

纪伯伦自绘作品插图

融会东西　别具一格

关　偶

纪伯伦·赫利勒·纪伯伦是20世纪东方和西方公认的杰出诗人和画家。他创建了阿拉伯浪漫主义和象征主义流派，开辟了通向新文学的道路，影响了几代人。纪伯伦是20世纪初阿拉伯海外文学的杰出代表，他独具一格的艺术风格，受到读者的广泛喜爱。

一　纪伯伦所处的时代

西方在15和16世纪已开始在科学、艺术、政治、社会、经济及其他方面奠定了复兴的基础。而相当长的一段时间里，阿拉伯东方几乎完全处于闭关自守状态。那里的人民生活十分贫困。在文学艺术领域，绝大多数人仿效古人，抱残守缺。阿拉伯的诗歌和散文，都一如死水，毫无生气。

16世纪末和17世纪初，黎巴嫩的统治者前往意大利，学习和了解如何使自己的国家进步，并签订包括意大利向黎巴嫩派遣专家学者在内的各种条约。意大利人在黎巴嫩开办学校，同时也接受马龙派的子弟到罗马留学。随着交流的扩大和深入，黎巴嫩的复兴在阿拉伯国家之中是比较早的。

在埃米尔[1]拜希尔时期（1789—1840），黎巴嫩出现了文艺繁荣时期。这位统治者把自己的王宫变成作家和诗人聚会的场所，经常在

---

① 埃米尔是阿拉伯语，原意是统帅，后用以称国家统治者。

那里举行讨论各种文学问题的聚会。

1860年，黎巴嫩获得独立和自治，建立了省区制度。此后，各种学校建立，新闻报道有了一定的自由，文化得到普及。当时较著名的是外国的大学，如1866年成立的美国大学和1874年迁入贝鲁特的耶稣大学。1876年，《文摘》杂志开始在黎巴嫩出版，随后又出现了若干家报纸。各种科学和文学的团体相继成立。1880年，贝鲁特建立了东方图书馆，藏有各种珍贵典籍，藏书十分丰富。

所有这些推动了阿拉伯东方、特别是黎巴嫩科学和文化的进步，唤起了阿拉伯人的爱国主义和民族主义精神，激起人们反对暴虐、追求自由的斗志。

东方知识分子了解了西方文化及其政治制度和科学文明，开始批评在旧传统束缚下的东方社会。当时，阿拉伯东方处于落后愚昧的状态中，经济萧条，精神生活贫乏，妇女处于无权地位。连年的战乱犹如雪上加霜，给黎巴嫩的社会生活带来了严重后果。西方文明固然为封建社会带来了震动，吹进了改革之风；但其消极的一面是给黎巴嫩社会带来不良影响，如社会道德的堕落，个人和家庭生活的腐败。一些文学家试图通过文学创作，抨击社会弊病，号召解放妇女，教育青年，推动社会前进。他们之中的杰出代表有布特卢斯·布斯塔尼和纪伯伦等。

二　纪伯伦生平及其家庭

1883年1月6日，纪伯伦出生在黎巴嫩北部科奈特索达大雪山遥远的美丽山村布舍里。他父亲赫利勒·纪伯伦是贫穷的牧人，经常酗酒，打骂子女。他母亲卡米拉，先嫁给哈纳·阿卜杜·萨拉姆·拉赫曼，后随他去了巴西，在那里生下布特卢斯。拉赫曼逝世后，卡米拉带着儿子布特卢斯再嫁给赫利勒·纪伯伦。

纪伯伦八岁时，他父亲被捕入狱。他九岁时，被坠下的山石砸断了肩胛骨，造成右臂终生残疾。和当时黎巴嫩大多数家庭一样，纪伯纶一家生活困苦。在西方等各种思潮的冲击下，黎巴嫩社会结构迅速解体。许多人抱着对西方文明的幻想，离乡背井，迁往美洲地区。1895 年 6 月，卡米拉也携带着四个孩子——布特卢斯、纪伯伦及其两个妹妹苏尔妲和玛丽安娜，远涉重洋，来到美国波士顿，落脚在最为贫困的唐人街。布特卢斯在一家货栈干活，纪伯伦的两个妹妹则靠缝补贴补家用。

1895 年 9 月，纪伯伦开始在奥立佛・布里斯侨民小学学习。他喜爱美国作家的小说，开始阅读《汤姆叔叔的小屋》等作品。他还在一些画家的指点下，学习绘画。不久，他在文学和艺术方面的才华就展现了出来，在学校里有了“小画家”的雅号。一位女教师发现了他的才能，便把他介绍给著名诗人和艺术活动家法尔德・荷兰德・戴。戴鼓励他为一些书籍设计封面。

1898 年，纪伯伦只身回到黎巴嫩，在贝鲁特的希克迈学校学习四年。此间，他在《觉醒》杂志上发表了最初的诗作，同时和戴保持着联系，继续绘制封面。

1901 年，纪伯伦重返波士顿。从 1902 年 4 月 4 日至 1903 年 6 月 28 日这短短的一年多时间里，他的小妹妹苏尔妲、哥哥和他挚爱的母亲相继被病魔夺去了生命。这巨大的家庭悲剧给他的精神以极大的打击，使他倍感远离祖国和失去亲人的孤独与痛苦。

1903 年起，纪伯伦开始在阿拉伯文的《侨民报》上发表第一批散文诗作。1905 年，他在波士顿举行首次个人画展。一个叫玛丽・哈斯凯尔的女子学校校长十分赏识他的艺术天赋和对绘画的深刻理解。她同纪伯伦在共同的爱好、一致的见解的基础上，结下了深厚的友谊。哈斯凯尔后来资助他赴法国深造。

1908 年，纪伯伦来到巴黎，先后在几所绘画学院进修，并曾得到欧埃斯特・罗丹的指点。他在艺术上有了长足的进步。他创作的油画《秋》获得巴黎传统的春季绘画艺术展览的银奖。

纪伯伦游览了罗马、布鲁塞尔、伦敦等文化名城，访问了当地的名胜古迹，拓展了自己的艺术视野。他十分崇拜意大利文艺复兴时期的雕塑家、画家米开朗基罗。米开朗基罗的力作《大卫》——象征为正义而奋斗的力量——给了他极大的启迪。

在欧洲期间，他潜心研究西方文化，大量阅读各国的小说、散文和诗歌。他喜爱屠格涅夫、列夫·托尔斯泰等作家，并认为陀思妥耶夫斯基是最好的作家。他深受英国诗人艺术家威廉·布莱克的影响，以致罗丹及其朋友们称他为“二十世纪的威廉·布莱克”。

1910年，纪伯伦自法国返美。不久，他由波士顿移居纽约，栖身于艺术家聚居的贫民区——格林威治村。

1920年，纪伯伦和米哈伊尔·努埃曼等旅美的十位阿拉伯作家一起创建了笔会，纪伯伦任会长。“笔会”的会标为圆形，圆圈中有一本打开的书，书页上印有“上帝有一个人间的宝库，它的钥匙即诗人之舌。”

1931年4月10日，纪伯伦因患肺病，在纽约逝世。

三　纪伯伦的思想倾向

纪伯伦看到祖国的社会中存在着大量的不平等现象，认识到统治者凭借权力压迫人民，教会中的头面人物利用和歪曲宗教欺骗人民，统治者互相勾结攫取了社会上大部分财富。因此，他与统治者的权力和传统道德发生冲突，希望得到个性的解放，赢得民族和祖国的独立。

从巴黎回到美国后，他接触到德国哲学家尼采的著作。尼采关于暴力的主张引起他的共鸣，他便向一切信仰和宗教宣战。他揭露说，由于宗教界占统治地位的人蓄意歪曲，真实的耶稣已面目全非；他们所鼓吹的最高境界不过是虚妄和一无所有。他心目中的上帝是个纪伯伦式的诗人，富有感情并且宽宏大量。

纪伯伦崇拜自我和个人的意愿，同时把对自我的爱与对祖国的爱结合在一起。他说：“我爱故乡，爱祖国，更爱整个大地。”他认为，祖国的自由应通过个人的反抗和欲望的满足来实现。他还主张摈弃一切人世权力，希望一切国家和民族都消失。他说：“整个地球都是我的祖国，所有的人类都是我的乡亲。”他主张人们自由往来，所有的人共享地球上的财富。

在短篇小说集《草原新娘》等作品中，纪伯伦对贫苦人民寄予极大的同情，怒斥统治者有钱无心肝，发出“打倒暴政、奋起抗争”的呼声。在短篇小说集《叛逆的灵魂》中，他塑造了一群威武不能屈、立志创造美好未来的先驱者的典型，他们反抗统治者，揭露宗教的虚伪和欺骗性，抨击封建礼教的陈规陋习。该小说集中《不信教的赫里勒》的主人公斥责教会是鱼肉人民的吸血鬼，神父是助纣为虐的工具。这部小说集激怒了当局。纪伯伦的作品遭禁，他也被逐出教门。

尼采一度是纪伯伦的向导，他孤独中的朋友。尼采在他心中所激起的风暴，几乎把他从东方的土壤中连根拔起。纪伯伦曾经认为自己十分接近尼采笔下的查拉图什特拉。但纪伯伦从根本上来说，还是一位东方人，同尼采的气质不尽相同。纪伯伦作品中不乏歌颂阿拉伯各民族友好情谊的词句。他在指出东方民族当前面临的问题后，认为东方民族将是朝气蓬勃和充满活力的。

纪伯伦的人生哲学是积极的。他明确反对《圣经》中关于人生是空虚的悲观论调，而对人生和人类的未来充满了信心。他与英国浪漫主义诗人济慈不同，在《火写的字》中，提出“声名用火写在天空”。他指出，人生是克服困难，历经艰险，寻求真理，走向光明的过程。

纪伯伦崇尚“爱”与“美”。这一点在散文诗集《泪珠和欢笑》中表现得最为集中。“爱”和“美”也是他创作中最关心的主题。他认为“美”是艺术的极致，是他崇拜的主神，“美”中有真理和光明；“爱”则是圣洁的顶巅。他还认为，爱和美是他的出发点和归宿；爱和美是一对情侣，智慧则是它们的女儿；爱的力量是“幸福和光明的源泉”，“它是那样坚强不屈，春来生机勃勃，夏到硕果累累”。

《泪珠和欢笑》这部集子脱稿后，纪伯伦心中的风暴逐渐平息下来，他因愤激而痛苦的心缓慢转向深思。他为自己的浅陋感到羞惭，更加重了他唤醒世人、用智慧之果武装他们的责任感。他生活在金元帝国的底层，忍受着物质生活的匮乏，更加追求内心的自由与升华。他的这种思想与伊斯兰神秘主义——苏非派十分相似。

四 纪伯伦的创作特点

纪伯伦是用阿拉伯语和英语两种语言创作的作家。他的经历使他得以在创作时融会东西方文化，写作风格别具一格。

纪伯伦的文字优美、典雅、绚丽、流畅、洒脱。他的创作发自内心，不太注意语言的凝重，也不追求严密的科学性，而是以丰富的想象和炽烈的感情为语言涂上一层绚丽的色彩。他是驾驭语言的大师，有时歌颂，有时暴露，有时严肃，有时幽默；他的艺术风格多姿多彩，时而是汩汩的清泉，时而是熊熊的烈火，时而是幽雅的牧歌，时而是激越的鼓点。

他的散文诗几近出神入化的地步，因为他从诗歌中撷取了灵魂，从散文中借来了舒展宽松的形式，从绘画中吸取了绚丽的色彩，从音乐中找到了轻柔或昂扬的和谐节奏。因此，他的散文诗同时兼备诗美、散文美、绘画美和音乐美。

他的作品以抒情见长，其抒情性又带有强烈的主观色彩，富有个性。他常以洗练、生动的语言去说明生活中一个深刻的道理，起到劝诫警告的作用，产生发人深省的效果。其所以能如此，是因为他运用了意蕴丰富的隐喻，把抽象的事物转化为具体的形象；他巧妙地利用喻体的引申意义，启发读者回味其中的深意，获得艺术的美感。他并不侧重于形象地再现生活，而是向读者倾吐自己对生活的思考、感受和理解。

他崇尚公元10世纪阿拉伯诗人穆泰纳比在诗歌结构上的整一，同时又打破了传统的格律。在此基础上，他的一系列由警句、格言组成的诗歌既相对独立，又自然地有层次地从一个主题转到另一个主题，构成有机的整体。

他除了大量运用传统比喻手法外，还借鉴了西方诗歌中常见的梦幻和象征手法，交替使用逻辑思维和形象思维。因此，他的作品既有新鲜活泼的形象，又蕴含深沉的哲理。

五　纪伯伦在文学史上的地位

纪伯伦是20世纪杰出的诗人之一，当时世界上最优秀的六位英语作家之一，阿拉伯现代文学的一面旗帜。他是本世纪初阿拉伯海外文学的代表人物，也是阿拉伯现代文学史上运用散文诗体的优秀代表。

阿拉伯散文诗的兴起有其时代背景。当时阿拉伯民族处于异族的统治之下，渴求个人自由和民族的独立解放。人们在新的历史时期，要求创造新的、比较自由的艺术形式，特别是青年中抱积极的人生态度的那一部分人，尤其欢迎具有深邃的哲理倾向和精湛的艺术技巧的散文诗。以纪伯伦为代表的散文诗正是在此时应运而生，而且成为世界文学宝库中的艺术珍品。

纪伯伦等人在美洲创建的笔会对团结侨民作家和旅美派——阿拉伯海外文学的发展起了决定性的影响。而海外文学则对促进阿拉伯民族解放、社会改革运动以及阿拉伯本土文学的繁荣和发展发挥了极为显著的作用。

阿拉伯著名文学家哈纳·法胡里认为，在阿拉伯现代作家中，纪伯伦是“最有个性、最大胆的作家之一”。

纪伯伦不仅在阿拉伯东方享有崇高的声誉，在西方也有巨大的影响力。美国总统罗斯福曾称赞纪伯伦“是东方刮起的第一次风暴，席卷了西方，给我们西海岸带来了鲜花”。

六　纪伯伦在中国

早在30年代，茅盾先生就把纪伯伦的作品介绍给我国的读者了。1923年9月3日和17日，茅盾先生在《文学周刊》第86和第88期

上，发表了纪伯伦的《批评家》、《一张雪白的纸说……》、《价值》、《别的海》和《圣的愚者》等五篇寓言体散文诗的译文。这五篇散文诗均选自纪伯伦的英文作品《先驱》。

1931 年 9 月，冰心先生所译的《先知》在上海问世。1981 年《先知》中译本再版时，冰心先生有一段精辟的话：

“一般说来，年轻时都会喜欢泰戈尔，而年纪大了，有了一段阅历之后，就会转向纪伯伦。应该说，纪伯伦的《先知》、《沙与沫》与泰戈尔的《吉檀迦利》在艺术上是有异曲同工之妙的。不过，由于泰戈尔的一生比纪伯伦要顺利，生活也不像纪伯伦那样清贫，所以，我总觉得泰戈尔在《吉檀迦利》中表现的似乎更天真、更欢畅一些，也更富于神秘色彩。而纪伯伦的《先知》却更像一个饱经沧桑的老人，对年轻人讲些处世为人的哲理，在平静中流露着悲凉。这是因为纪伯伦一生经历过许多忧患。”

1949 年新中国成立后，《世界文学》翻译并介绍过纪伯伦的一些作品，大多是从英文、甚至是从俄文转译的。一直到 80 年代初，才开始出现了纪伯伦阿文作品的译文。80 年代末和 90 年代初，国内出现过一段介绍纪伯伦作品热。

我们有理由相信，世界文学宝库中这颗璀璨的明珠——《纪伯伦全集》会给人们以启迪。

1993 年 12 月于北京劲松

Contents 目录

阿拉伯文卷

主编/关偁

阿拉伯文卷译序　/I

泪珠和欢笑
(1913)
韦玉兰译

引　言　/2
爱情的生命　/3
一个故事　/6
在死人城里　/9
诗人之死即生　/11
海之女　/13
灵　魂　/15
欢笑和泪珠　/16
梦　/18
美　/19
火写的字　/21
废墟间　/23
梦　境　/25
昨天和今天　/28
灵魂啊，求你怜悯　/31
寡妇及其儿子　/33
世代与民族　/35
在美神的宝座前　/37
智慧的来访　/39

Khalil Gibran

一个朋友的故事　/41
真实和幻想之间　/44
喂，我的穷朋友　/45
田野里的哭声　/46
茅屋和宫殿　/48
两个孩子　/50
死之美　/52
组　歌　/55
旅美派诗人　/60
在太阳下　/62
展望未来　/64
幻想女王　/65
喂，责备我的人　/67
密　谈　/68
罪　犯　/70
伴　侣　/71
幸福之家　/73
往昔之城　/74
相　遇　/76
胸　臆　/78
盲目的力量　/81
两种死　/83
在世代舞台上　/85
我的朋友　/87
爱情传说　/89
哑巴牲畜　/91
和　平　/93
诗　人　/95

我的生日　/96
孩童耶稣和童稚之爱　/100
灵魂的心声　/103
喂，风！　/106
情人回归　/108
人之歌　/112
诗人的声音　/114
结　语　/119

行列圣歌

(1919)

关偶译

1913

韦玉兰 译　关偁 校

泪珠和欢笑

致 M. E. H.

谨以此书——我生命风暴中的第一声——
献给热爱风暴并随之而行的崇高灵魂。

——纪伯伦

引　言

我不想用人们的欢乐换掉我心中的忧伤，也不想让发自我肺腑怆然而下的泪水变成欢笑。我希望我的生活永远是泪水和欢笑：泪水会净化我的心灵，使我明白人生的隐秘和奥妙；欢笑使我接近我的人类同胞，是我赞美主的符号。我借眼泪表达自己内心的痛悔；欢笑则是我对自己的存在感到幸运的标志。

我愿有追求而死，不愿无聊而生。我希望在内心深处有一种对爱和美如饥似渴的追求。因为我观察后发现，没有追求的人是最不幸的人，他们不啻是行尸走肉；我倾听了，听到那些有抱负有理想的人在叹息，他们的叹息是那么甜美，胜过管弦合奏。

夜晚来临，花朵收拢花瓣，怀抱着思慕就寝。清晨到来，它张开香唇，接受太阳的拥吻。花的一生就是向往和交际，也就是泪水和欢笑。

海水挥发蒸腾，水珠聚积，变成云朵，飘浮在山峦和河谷上方，遇到微风吹拂，哭泣着向田园缓缓降落，又汇入江河，最终回到大海——它的故乡。云的一生就是分离与相遇，就是泪水和欢笑。人亦如此，若脱离了崇高的精神，蹒跚在物质世界中，像云彩那样经过哀怨峻岭和欢乐平原，与死亡寒风相遇，回到出发点——友爱与美的大海中，风的身边……

爱情的生命

春　季

来吧，亲爱的，让我们在荒野中行走。冰雪已然融化，生命由梦中醒来，荡漾在河谷山坡里。走吧，跟着我，一起去追寻春天在遥远的田园上留下的足迹。来啊，让我们攀登高山之巅，眺望周围平原上的绿波。

啊，冬之夜收敛起的衣服被春之晓舒展开。桃树、苹果树披上绿装，犹如“卡德尔之夜①”的新娘；葡萄树苏醒了，枝藤缠结如情人相拥；溪水婆娑起舞，在岩石边哼着欢歌，向远方流去。大自然心中的百花吐蕊，如同大海里的朵朵浪花。

来吧，让我们畅饮水仙花酒杯中残存的雨的泪珠，让我们的心灵充满欢乐小鸟的歌声，呼吸春风的芳菲。

让我们靠着隐藏的紫罗兰坐下，在爱恋中拥吻。

夏　季

让我们到田野里去，亲爱的！收获的季节到了。太阳对大自然友爱的光热，使庄稼成熟了。来吧，别让飞鸟和蚁群乘我们疲劳之机，抢在我们前面，把地里的粮食都搬光。来啊，让我们采

① “卡德尔之夜”又称“大赦之夜”和“平安之夜”，指回历九月（斋月）二十七日之夜。传说《古兰经》经文于当年该夜始降；是日，穆斯林彻夜礼拜祈祷，以示庆祝。

摘大地的果实，如同心灵采摘爱情在我们心中播下的忠诚结出的幸福果；让我们用五谷装满库房，如同生活充实了我们的感情的空间。

来吧，我的女伴！让我们以蓝天为被，以草地为铺，一束松软的干草作枕。从一天的劳累中恢复，倾听月光下谷地里小溪的低语。

秋　季

我亲爱的，让我们去葡萄园！我们榨葡萄，把葡萄汁装进酒池，就像心灵聚敛了世代的智慧。我们收集干果，汲取花蜜，便可留芳人世……

让我们回住所去，树叶已经泛黄，被风刮得四处撒金，像是为凋谢的百花盖上尸衣——那些花送别夏天后死亡。来呀，鸟群向岸边飞去，带走了园林中的生气，为素馨花和野菊留下一片孤寂，它们将残留的泪水洒在地上。

让我们回去！小溪停止流淌，泉眼欢乐之泪已经枯竭，山丘蜕下了艳丽的服装。来吧，我亲爱的！大自然已睡眼矇眬，以悲壮动人的一曲，告别清醒！

冬　季

挨近我，我生命之侣！挨近我，别让冰雪的寒气隔开我们俩。让我们并肩坐在火炉前！火是冬季美味的水果。跟我说说子孙后代的前途，我的双耳已经听腻了风的叹息和各种悲鸣。关紧门窗，天气发怒的景象让我悲哀，看到城市如失去儿子的母亲坐在冰天雪地之中，我的心要流血……我生命的伴侣，给灯添些油吧！灯快灭了，把它移到你面前，让我看看夜晚在你脸上留下的阴影……请拿酒来，让我们边饮边回忆时代的岁月。

挨近些！靠近我，我心爱的。火灭了，灰烬几乎把它盖起来了……拥抱我吧，灯灭了，周围一片黑暗……陈年老酒使我们眼皮沉重……再用你惺忪的睡眼瞧瞧我……搂着我，趁睡魔尚未搂紧我……吻我，冰雪战胜了一切，唯有你的吻……啊，我亲爱的，安眠之海多么深沉！啊，清晨多么遥远……就在这世界上！

一个故事

在那条河的岸边，杨柳婆娑，绿荫遮地。一个农民的儿子坐在那里，凝视着平静而舒缓的流水。那里的一切都在谈论爱情，连树枝都相互缠绕，花儿婀娜多姿，鸟儿不停地啾啾，这个小伙子就在这里长大。这里整个大自然生机盎然。这个二十岁的青年，昨天在泉水边见到一位少女坐在一群姑娘中间，便爱上了她。后来，他知道她是埃米尔①的公主后，便责备自己，埋怨自己不该有这种情感。但是责备和埋怨都不能使那颗心放弃爱情，排遣那片痴情。人受心灵与情感支配，犹如一根柔软的细枝，在南北风口中摇曳。

小伙子看到紫罗兰依偎在延命菊身旁，随后又听到夜莺与鸫鸟在谈心。于是他为自己的孤独和冷寂而哭泣。有好几个小时，爱情像幻影浮现在他眼前。他控制不住自己的感情，声泪俱下地说：

“这爱情在奚落我，把我当成笑柄，把我引进这种尴尬境地——希望被认为是缺陷，理想被当成是卑贱。我尊崇的爱情将我的心抬高到埃米尔的宫殿里，而我的地位却低微在农民的草屋中。这爱情把我带到一位仙女身边，许多男人围着她，她显得雍容高贵……爱情啊，我俯首帖耳，你要我做什么？我愿跟你赴汤蹈火，被火舌烧灼。我睁开双眼，只见漆黑一片；我张口说话，说的都是丧气话。爱情啊，我被思念缠绕，精神感觉饥渴，除了情人的亲吻，思念不会撤手，精神不得温饱。爱情啊，你是强者，我是弱者，你为什么与我为敌？你公正，我清白，你为什么要欺负我？你是我唯一的靠山，为什么要摧残我？你使我存在，你为什么要抛弃我？假如我的血不按你

---

① 埃米尔是阿拉伯语，原意是统帅，后用以称国家统治者。八世纪中期后，阿拉伯帝国一些地方的封建主也被称为埃米尔。

的意志流，你可把它倒干！我的脚如果不在你的路上走，你可以让它瘫痪！你可以随心所欲地处置这躯体，不过，请让我的心灵在你的庇护下，享受到田园的欢欣和安逸……江河流向它的爱人——大海，百花对情人——光明笑脸相迎，云彩向着它的追求者——山谷降临。而我，具有江河不知、百花未闻和云彩不解的东西，你让我独自受苦，渴慕煎熬着我的心，同那意中人相距遥远。她不愿意我在她父王的军中当普通一兵，也不乐意我在她的宫中当一个仆役。”

小伙子稍作停顿，似乎想从河水的淙淙和树叶的沙沙声中学习说话。他说道：

“你，我不敢直呼芳名的人儿，我总见不到你，因华贵的帷幔和庄重的壁垒将我们隔开。啊，仙女，我只能企望在人人平等的永恒的天国与你相会。啊，你啊，人们对你俯首听命，宝剑听你指挥，金库和寺院为你敞开大门。你占有了一颗心，这颗心中只有神圣的爱，你奴役了一个灵魂，上帝为这个灵魂赐福；你使一个人神魂颠倒，那人昨天还在田野里自由自在，今天却变成了俘虏，戴上爱恋的镣铐。喂，美丽的姑娘，我见到了你，我才知道自己来到这个世界的原因。当我得知你的门第高贵，看到自己的卑贱，我才明白上帝的秘密凡人难知，上帝的途径可把一些灵魂带往不按人间法律审判爱情的地方。当我同你的眼睛对视时，我坚信人生是一座天堂，人心是它的大门。当我看到你尊我卑似巨人同虎狼搏斗时，便知道这大地不再是我的存身之处。当我看见你同女伴们坐在一起，犹如芳草丛中的一朵玫瑰，我就以为我理想的新娘就在眼前，变成了同我一样的人。当我得知你父亲的荣华富贵，认识到不等摘取玫瑰，刺就把手指扎出了血；尽管梦中聚起了那么多的美好，清醒会把它砸得粉碎……”

此时，他站起身，垂头丧气、心灰意懒地走向泉眼，伤心、绝望地哀叹道：

“快救救我，死神，这荆棘窒息百花的大地不适合生存。快让我摆脱这种日子：爱情被从宝座上废黜，由高贵取而代之。快让我

摆脱吧，对情侣来说，永恒的世界比这个世界更合适。死神啊，我将在那里等候我的爱人，并同她结合。”

他走到泉边，此刻已是黄昏，太阳正从田野里收回它金色的饰带。他坐下，泪如泉涌，泪水洒落在公主曾踏过的土地上；他耷拉着头，竭力阻止心从胸膛里跳出来。

就在这一刻，柳树林里走出一位姑娘，百褶裙裾拖在草地上。她站到小伙子身边，将纤纤细手放在他的额头上。他迷迷茫茫地望了她一眼，像是被阳光刺醒了一样。他发现是公主站在自己面前，不由自主地扑通一声跪倒在地，仿佛摩西见到荆棘在眼前燃烧。小伙子觉得千言万语往上涌，两行热泪顺着脸颊往下流淌。

公主同他拥抱，亲吻他的双唇，还啜吸着他的热泪，用自己的双唇紧贴着他的眼睛。她的声音比芦笛还要轻柔，她说：

“亲爱的，我在梦中见到了你，在孤单和寂寞中我望着你的脸，你是我曾失散的心灵的伴侣，是我注定来到这个世界时，脱离了我的美丽的自身的一半。亲爱的，我是偷跑到这里同你见面的。啊，你现在就在我的面前，不要焦虑不安！我把父亲的荣耀撇在了一边，我要跟着你，哪怕到天涯海角，与你同饮生活佳酿，共咽死亡的苦酒。起来吧，我的爱人，让我们去远离人们的遥远的荒野。”

这对爱人走进林间，隐没在夜幕之中。埃米尔的残暴吓不倒他们，黑夜的幽灵也不会使他们胆战心惊。

在这个王国的边陲，埃米尔的部下发现两具尸骸，其中一个脖颈上还戴着一副金项链。尸骸前的一块石头上刻着这样一些话：

“爱情把我们聚在一起，谁能将我们分离？死神带走了我们，谁将带我们复归?”

在死人城里

昨天，我逃离了城市，避开了喧嚣嘈杂。我走在安静的田野上，后来登上一座高高的山丘。大自然为山丘穿上最美的服装。我站住，在工厂冒出的浓烟汇成的密云下，整个城市连同高楼大厦一览无余。

我坐下来，从远处观察人们的工作，发现多数是辛苦的。我不想为人们的所作所为费心，便向原野——上帝光荣的宝座望去。我看到在原野中央有一片陵园，里面是松柏环绕的大理石筑起的坟墓。

我坐在活人城与死人城之间沉思着。我思考着，这里是怎样进行持续不断的斗争和永不停息的活动，又思考着那里又是如何沉湎于寂然无声和安适肃穆之中。一方面是希望，沮丧，有爱，有憎，有穷，有富，有信仰上帝的，也有无神论者；另一方面，则是一抔黄土，大自然把它翻来倒去，用它创造植物，再创造动物。所有这一切都是在静寂中完成的。

我正沉浸在这些冥思苦想中，忽然看见一群人缓缓走动，前面乐队奏着哀乐，响彻云霄。这支庞大的队伍集壮丽、宏伟于一身，里面有各种各样的人。这是一位富豪的葬礼。前面是灵柩，后面是一群呼天号地的活人。

他们到达陵园，祭司们聚拢来，齐诵祷词和薰香；乐队吹起喇叭。不一会儿，演说家们致词，对逝者极尽吹捧之能事。随后诗人朗诵悼诗，辞章华美，字字珠玑。这一切显得那么冗长。过了一会儿，留下一座坟墓，那是设计师们精心设计、工匠们精心制作的。周围还放了许多精制的花圈。

送葬行列向城内走去，我远远地目送着它，思索着。

太阳向西方倾斜，给岩石和树木在地上留下长长的阴影，大自然

在逐渐脱下光彩夺目的服装。

这时，我看见两个人抬着一口木头棺材，后面跟着一个衣衫褴褛的女人，怀里抱着一个吃奶的婴儿，身边还跑着一条狗。那条狗时而望望她，时而望望那口棺材。这是一个穷人贱民的葬礼，灵柩后面是一个泣不成声的妻子。那个婴儿见母亲哭便也哭起来。忠实的狗悲哀地走着。

这些人到达墓地，把棺材埋进墓穴。那墓穴在离大理石陵墓很远的一个偏僻的角落里。他们颇有感触地默默地往回走，那只狗也一步一回头，像是舍不得离开自己的主人。他们消失在树林后面。

我转眼望着活人城，心想：

“那些是归富豪权贵所有的。”

我转向死人城，说道：

“这些也是归富豪权贵所有的。那么，主啊！哪里是穷人和弱者的容身之地呢?”

我边望着被金色阳光镶上一道金边的彩霞，边说了上述那些话。我听见我内心有一个声音在说：“在那边。”

诗人之死即生

夜幕笼罩着城市，冰雪为它裹上银装。严寒打垮了集市上的人们，他们不得不躲进自己的窝。狂风呼啸，在各个房舍间逡巡，像是一个吊唁者站在大理石陵墓间，吊唁死神的战利品。

在郊外有一个贫穷之家。那间房子十分破旧，在冰雪的重压下几乎要坍塌。屋子的一角有一张破床，上面躺着一位生命垂危的人。他凝视着微弱的灯光，灯光终于未能战胜黑暗而熄灭了。这位病人正值青春韶华，他十分清楚他将永远摆脱生命羁绊的大限即将到来，于是等待着，蜡黄的脸上泛出希望之光，唇边绽出凄楚的笑容。一位诗人，来到世上为的是以美丽的言辞愉悦人心，现在却要在这富人之城饿毙。一个高尚的灵魂，带着主的恩惠降临，使生活甜美，现在却未得到人类对他报以微笑，就告别人世。一个垂死的人，在弥留之际，身边除了孤寂中的伴侣——油灯一盏以外，就只有一页页稿纸，上面是他的理想和美好的心灵。

这个垂危的青年，集聚起即将消失的力气。向上举起双手，竭力睁开枯萎了的眼皮，似乎想以最后的目光穿透这破败的草房的屋顶，看看被乌云遮住的星辰。过了一会儿，他说道：

“来吧，美丽的死神，我的心向往着你。离我近点，松开这物质的桎梏，我已经戴烦了。甜蜜的死，上我这里来，把我从人类中间拯救出去。快上我这里来，人们已抛弃了我，把我扔到了遗忘之角，因为我不奢望钱财等物，也不企图役使比我弱小的人。甜蜜的死，上我这里来，抓着我。我的亲人不需要我。把我搂在你的怀里，那充满爱的怀抱。亲吻我的双唇，它们不曾触摸过母亲的吻，也没有接触到姐妹的面颊，更没有挨着过情人的嘴。快一点，拥抱我，我亲爱的死神。”

此刻，在这垂危之人的床边出现了非凡人可比的美丽的女人，身穿如冰雪般洁白的衣服，手上有一束采自天上田园里的百合花环。她走近他，拥抱他。他闭上了双眼，用心灵之眼望着她。她万般柔情地亲吻了他的双唇，他的嘴角展露了满足的微笑。

就在这一刻，那个地方变成了一堆土，还有些纸片散落在漆黑的角落里。

过了好几十年，那座城市的居民仍然沉湎于愚昧无知和虚妄无信之中。当他们终于明白过来时，他们看见知识的曙光之后，才为那位诗人在广场上竖立起一尊巨大的塑像，每年都要纪念一番……啊，人是多么无知啊！

海之女

在靠近太阳升起的阿尔及利亚周围的大海深处——有许多珍珠的地方——有一具小伙子的死尸，附近是长着金色头发的海的女儿。她们坐在珊瑚间，用蓝色而美丽的眼睛注视着死尸，以音乐般悦耳的声音交谈。海水听到了她们的谈话，用波浪把它送到海边，春风又把它传到我的心里。

一个说：

“这个人是昨天下来的，因为大海生气了。”

第二个接着说：

“大海没有生气，但是人——他们自称神的子孙——进行血腥的战争，以致海都变成了深红的血色。这个人就是被战争杀死的。”

第三个说：

“我不知道什么是战争，但是我知道人在征服陆地以后，贪图统治大海，便发明了奇怪的工具和劈波斩浪的船只。海神知道后，对这种入侵很气愤，人没有别的办法，只能献牲和送礼以满足我们的国王。我们昨天见到的那些尸体就是人们最近献给伟大的海神的。”

第四个说：

“海神是多么伟大啊！但是它的心也太狠了！如果我是海洋的主宰，我不会对血淋淋的献牲满意的。来吧，让我们看看那小伙子的尸体，也许它对我们比对人类更有用处。”

海之女挨近小伙子的尸体，检查了他的口袋，在贴近心脏的口袋里找到了一封信。她们中的一个拿着信，读起来：

“我亲爱的！已经到了夜深人静的时分，我睡不着，除了眼泪，我没有什么可解闷的；除了希望你能逃脱战争的魔爪外，我没什么可惦记的。我只记得你在告别时对我所说的：‘每个人眼泪的寄托，总有一天会得到回报的……亲爱的，我不知道我写的是什么，不过那是我心情的流露。一颗受苦难煎熬的心，把痛苦和忧愁因爱情化为欢乐和安抚的心……爱情把我们连为一体，我们就感到那是一个灵魂盘桓的合二为一的身体。战争在召唤你，你出于责任感和爱国主义应召而去。那把两个相爱的人分开的责任是什么？那让女人守寡、儿童变成孤儿的责任是什么？为一些微小的由头而发动毁灭国家的战争的爱国主义是什么？这强加于可怜的农村小伙子——强者或达官贵人毫不关心他一的责任是什么？如果这种责任是否定各民族之间的和睦，这种爱国主义是破坏人类生活的平静，那就让这种责任和爱国主义走开吧……不，不，亲爱的，别介意我的这些话，还是勇敢些，爱你的国家吧，不要听一个被爱情弄瞎了眼睛的女子的话，不要听一个被离别弄丢了远见的女子的话吧……如果爱情无法让你回来，同我一起生活，那么生活就将拥抱我，让我同你在来世相会。”

海之女把这封信放在小伙子衣服里面，她们悲伤忧郁地祈祷。当离开小伙子后，她们中的一个说道：

“人类的心比海神的心更凶残。”

灵　魂

……造物主从自身分解出一个灵魂，并在其中创造了美。

造物主给这灵魂以黎明前微风般的温柔，田野里百花样的芬芳，夜幕下月光似的优雅。

造物主赠给她一杯欢乐，并对她说：“你先别喝它，除非你忘记过去，也不在意未来。”造物主又赠她一杯忧郁，并说道：“你喝吧，便会理解生活的欢乐。”

造物主给她灌输了爱，只要她发出一声要求满足的叹息，那爱就会离她而去；造物主给她灌输了甜蜜，只要她妄自尊大，那甜蜜就会同她分离。

造物主从天上降给她知识，引导她走上真理之路。

造物主在她内心深处放人见识，她便能见人所不能见。

造物主在她心里创造了感情，那感情与想象一起流，同幻影一起走。

造物主给她穿上渴求的衣裳，那是天使们用彩虹织就。

造物主随后又在她心中放置了困惑的阴影，那阴影正是光明的幻想。

造物主从熊熊燃烧的炉子里取出了火，从荒蛮的沙漠中摄取了风。从自私自利之海的岸边运来了沙子，从岁月的脚下铲来了泥土，用它们揉捏成人。

造物主给人以盲目的力量，疯狂时它爆发；面对情欲，它气馁无力。

稍后，造物主给人注入生命，即死亡的幻影。

造物主微笑了，又哭了。主感到无限之爱，把人和他的灵魂结合在一起。

欢笑和泪珠

太阳从那些草木青翠的花园中收敛起自己金色的余晖，月亮从地平线上升起，向大地洒下温柔的光明。我坐在花园的树丛下，凝视着这一幕又一幕的天空的变化。我透过树枝的缝隙，注视着满天的星辰，它们似许多银币撒落在蔚蓝色的地毯上，谛听着远处峡谷中小溪的淙淙流水声。

飞鸟栖息在繁茂的枝叶间，百花合上了眼睛，万籁俱寂。我忽然听到草地上传来沙沙的脚步声，便循声望去，猛地见到一对青年男女。他们坐在一棵枝繁叶茂的树下。我能见到他们，却不被他们发觉。

小伙子向四周望了望，我听他说道：

“坐在我身边，亲爱的，听我说。你笑一笑，因为你的微笑是我们未来的象征；你高兴吧，因为岁月已经为我们而高兴。我的心中还有疑惑：那就是你心里总在怀疑，而怀疑爱情是一种罪过，亲爱的。

“这皎洁的月亮照耀下的大片土地都归你所有，不久，你就成为它的女主人了；这座不亚于王宫的公馆，也要归你掌管了。我的骏马会载着你去游览，你将乘坐我的华丽的马车去舞厅和剧场。

“你笑一笑，亲爱的，就像我的宝库里的黄金那样微笑吧。请你看我一眼，要像我父亲看珠宝那样看我。听我说，我亲爱的，我的心执意要对你一诉衷肠。我们要度过一个真正的蜜月，不，是一个蜜年。我们带上许多许多钱，去瑞士的湖边，意大利的娱乐场，尼罗河畔的宫殿，黎巴嫩杉树荫下，度过我们的蜜年。你要会见公主、贵妇，她们会羡慕甚至妒忌你的首饰和衣服。所有这些都是我给你的，你还不满足吗？啊，你笑得多么甜啊！你的微笑就像我命运的微笑一样。”

过了一小会儿，我见他俩慢慢走着，脚踩着鲜花，像是富人践踏着穷人的心。

他们从我的视界中消失了，可我还在思索着金钱之于爱情的地位。 我想，金钱是人类万恶之源，而爱情是幸福和光明之源。

这些念头如舞台换景似的闪过，我感到茫然，直至两个人影经过我的面前。 他们坐在不远处的草地上。 又是一对青年男女，来自农场的田间，那里有农民的茅草房。 过了一小阵儿扣人心弦的静默，我听到说话声，中间还伴随着叹息声。 说话的是小伙子，看样子他患有肺病。 他说：

“擦干你的眼泪，亲爱的。 爱情使我们睁开了眼睛，让我们成为它的奴仆，赋予我们坚忍顽强的品格。 擦干你的眼泪，高兴点，因为我们为了爱情而志同道合。 为了甜蜜的爱情，我们忍受贫穷、苦难和离别的痛苦。 我一定要同岁月争斗，直到赢得一笔值得放到你面前的财产，它将帮助我们度过生命的各个阶段。 亲爱的，爱情就是上帝，他接受我们的叹息和眼泪，像接受香火一样。 他奖给我们应得的命运。 亲爱的，我要同你告别，不等月亮消失我就上路了。”

随后我听到一阵轻柔的声音，其间夹杂着炽热的火一般的喘息。那声音出自一位温柔的少女，她把内心的一切都融进了言谈话语间——爱情的炽热、离别的痛苦和坚忍不拔的甜美。她说道：“再见，亲爱的。”

不久，他俩分了手。 我坐在那棵树下，怜悯像许多只手抓挠着我的心。 这个世界上的许许多多奥秘，真让我理不出头绪。

我注视着沉睡的大自然，久久地打量着，才发现其中有一样无边无垠的东西，一种金钱买不到的东西。 我发现那是秋季的泪水抹不掉的东西，严冬扼杀不了的东西。 那是瑞士的湖畔、意大利的游览地所没有的东西。 我发现它坚忍不拔，春季萌芽，夏天结果。 我发现它就是爱情。

梦

在一条清澈的河边的田野中间，我见到由能工巧匠编织而成的一只鸟笼。在笼子的一角躺着一只死鸟，另一角有一只小罐，罐内的水已经喝干，装米的小罐也是空的。

我站在那里，一言不发。我谛听着，似乎在死去的小鸟身体里和小河的流水声中有着训诫，启迪我的良知，探询我的内心。我仔细察看，知道那只卑微的小鸟曾因干渴而垂死挣扎，尽管它就近在溪水旁；它曾因饥饿而同死亡搏斗，尽管它就处于生命的摇篮——田野里。这就犹如一个富翁，被禁闭在金库内，饿死在金子堆中。

过了一小会儿，我见那只笼子突然变成了一个透明的人形，死鸟变成了人心，心上有一处深深的伤口，殷红的鲜血从里面渗出，伤口的外观像一个悲哀的女人的嘴唇。

又过了一会儿，我听到伴着滴滴鲜血，从伤口中传出这样的声音：

“我就是人的心脏，是物质的俘虏，尘世间人类法规的牺牲品。在美的田野中，在生活源泉旁边，我被关进了人类为诗人制定的法规的囚笼。在美德的摇篮中，在爱情的手中，我默默无闻地死去，因为美德和爱情的果实都不让我享用。而根据世俗之见，我向往的一切都是可耻的；按人们的成见判断，我追求的一切都是可鄙的。

“我是人的心脏，被囚禁在世俗陈规的黑暗中，变得虚弱；我被幻想的锁链禁锢，奄奄一息。我被遗忘在文明迷宫的角落里死去，人们缄默不语，视而不见，只是微笑。”

我听到这些话语，看到它们出自那颗受伤的心，伴随着滴滴鲜血。自那以后，我什么也没再看见，什么也没再听见，便回到我的现实之中。

美

美是智者的宗教。

——印度一诗人

喂，彷徨在宗教各派十字路口的人们，迷惘在不同信仰的谷地中的人们！你们认为受宗教的约束，不如不信来得自由自在；被囚禁在皈依的樊笼，不如站在无神论的舞台。请你们把美当作宗教，把美当作神祇崇拜。美是万物完美的表象，体现在理智的成果中。你们不要同那些人来往！他们视信仰为儿戏，已然花天酒地，纸醉金迷，还企图在来世有好的结局。请你们相信美的神性！它是你们珍惜生命的开端，热爱幸福的源泉。请你们向美忏悔！因为美会把你们的心送到女人的宝座前，那里是一面明镜，照见你们的所作所为；美让你们回归大自然——你们生命的起源。

喂！那些迷失在胡言乱语、沉湎于胡思乱想的人们！只有在美中才有真理，不容置疑，颠扑不破；只有在美中才有光明，它驱除黑暗，让你们不受欺瞒。

请你们仔细地审视春天的苏醒，晨光的来临。美是属于仔细观察的人的。

请你们倾听飞鸟鸣啭，树枝窸窣，流水淙淙。美是倾听者的份额。

请你们看看儿童的温顺，青年的活泼，壮年的力量，老人的智慧。美是审视者的依恋。

请歌颂水仙般的明眸，玫瑰般的脸颊，罂粟花一样的小嘴，美以受赞颂为荣。请赞扬嫩枝般柔软的身段，象牙般白皙的脖颈，夜色般漆黑的长发，美以受赞扬为乐。请把躯体作为圣台，奉献给善

行；把心灵当作祭坛，向爱情顶礼膜拜，美以自身作为给崇拜者的奖赏。

请你们欢乐吧，天把美的奇迹降给你们！请你们欢呼吧，你们没有什么可害怕的，也没有什么可担忧的。

火写的字

刻下下列字，作我墓志铭：
此地长眠者，声名水上书。

——约翰·济慈[①]

难道夜晚就这样带我们离去？难道我们就这样在岁月的脚下消逝？难道世世代代就这样将我们席卷，不用墨而用水在它的卷帙中给我们留下一个名字？

难道这光明要熄灭，这爱情要消失，这愿望会散佚？难道死会把我们建起的一切化为乌有，风会把我们所说的一切吹得不留痕迹，阴影把我们所做的一切遮蔽？

难道这就是生活？难道生活就意味着过去消失得无影无踪？现在正紧随着过去，除非未来变成现在和过去，否则就没有意义吗？难道我们心中的全部欢乐和我们心灵的忧郁，不等我们知道它们的结局就消失不见了吗？

难道人就这样似大海的泡沫，只在水面上漂浮片刻，随着海风的吹拂，它即刻破灭，就好像不曾存在过一样？

不！我发誓，生命的真理是生活，它的起始不在子宫，它的终结也不在坟墓。这些岁月在无穷无尽的生命之中，仅仅是瞬息之间。尘世是一场梦，被我们称为可怕的死才是清醒。那是梦，而我们在梦中的所见和所为，将同上帝一起永存。

以太会容纳每一抹微笑、每一声叹息，这些都来自我们心中；它

① 约翰·济慈(1795—1821)，英国著名浪漫主义诗人。墓碑上按其遗言写着“此地长眠者，声名水上书。”

将保存每次的亲吻声，那亲吻来自爱情。天使记录下每一滴因悲痛流下的泪珠；将我们以真情唱出的每首欢乐的歌，传送给在无边无垠的天空中遨游的灵魂。

在那边，在未来的世界里，我们会看到我们情感的波动和心灵的激荡；在那里，我们会认识到我们信奉的神性的真谛——现在我们由于绝望而蔑视它。

我们今天称之为迷误的弱点，明天将发现那是人类生活之链中不可或缺的一环。

我们付出的辛劳现在虽未得到报偿，但会与我们一起永存，传颂我们的荣光。

我们现在承受的灾难，明日会成为我们荣誉的桂冠。

济慈，那只善鸣的夜莺，假如知道迄今为止，他的诗歌一直在向人们的心中输送爱美的精神，他便会说：

“请给我刻下这样的墓志铭：此地长眠者，其名用火写在天上。”

废墟间

月色给太阳城[①]四周的丛林披上一层轻纱，万籁俱寂。那高耸的残垣断壁俨然是些巨人，嘲讽夜晚的沧桑。

这时，空中现出两个似蓝色湖中升起的雾团般的幻影。他们坐在一根大理石柱上，那是岁月从奇异的建筑中连根拔出来的。他们注视着好像变幻无穷的舞台似的四周。过了一会儿，其中一人仰起头，以一种仿佛回荡在遥远峡谷中的声音说道：

“亲爱的，这是我为你建造的庙宇的遗迹；那些是我为取悦你而盖起的宫殿的废墟。现在都已夷为平地，只留下些残垣断壁，向世人述说我一生奴役百姓而立下的丰功伟绩。仔细瞧瞧，我亲爱的！我创建的城市，被大自然摧毁了；我认为是智慧的，受到后代人的鄙视；我创立的王国，遭人们遗忘。我这里残留的仅是由于你的美而产生的微妙的爱情和你的爱情所复活的美的产物。我在耶路撒冷建起了礼拜寺，祭司们尊它为圣地，岁月却让它片瓦不留；我在胸中筑起了爱情神殿，上帝使它成为圣地，没有什么力量能摧毁它。我以毕生的精力，对各种现象究根穷源，对任何事都想弄个水落石出，于是人们说道：‘他是位多么英明的国王！’天使们却说道：‘这个智者多么渺小！’不久，我看见了你，亲爱的！我向你唱起了情歌，天使们为之欢欣，而人却毫无察觉……当年我是国王时，似乎有道道障碍，把我干渴的心灵同人间万物中的美的体现——灵魂分隔开。当我看见了你，爱情苏醒了，摧毁了那道道障碍，于是我为空逝掉的年华惋惜。我曾自暴自弃，随波逐流，认为阳光下的一切都是虚假的。我编织起盔甲，锻造了盾牌，各个部落都惧怕我。当爱情照亮

① 太阳城指巴阿莱拜克城，即太阳神伯阿勒之城。

了我，我却受到了蔑视，连我的人民都鄙视我。但是，当死神来临时，他把盔甲和盾牌埋进土里，带着我的爱去上帝那里。”

片刻的寂静。第二个幻影说道：“像鲜花从泥土中吸收芬芳和生命一样，心灵从物质的弱点和错误中汲取力量和智慧。”

两个幻影汇合在一起，变成了一个幻影，走了。过了一会儿，空中回荡着这样一句话：“永存的世界里只保留爱，因为只有它是永存的。”

梦　境

谨呈 S.L. 子爵夫人：

蒙来函，权作复。

青春在我前面走，我跟着他来到遥远的田野。他停下眺望地平线上奔跑的云，活似雪白的羊群。光秃秃的树枝伸向天空，仿佛要求上苍归还绿叶。

我问道：

“我们这是在什么地方，青春?”

他回答：

“在无所适从的田野上。你要小心。”

我说：

“让我们回去吧！这片荒野让我害怕。这云彩的样子和光秃秃的树枝让我难受。”

他说：

“忍着点，彷徨是认知的开端。”

他说完后不久，我突然见到一个仙女像幻影般向我们靠拢。我吃惊地大喊道：

“这是谁呀?”

青春回答道：

“她是朱庇特[①]的女儿墨尔波墨涅，悲剧女神。”

我便说：

“喂，欢乐青春！你在我身边，我怎么会悲哀呢?”

① 朱庇特是罗马神话中的主神，即希腊神话中的宙斯。

他说：

“她来这里是为了让你看看大地的悲哀。谁看不到悲哀，就看不到欢乐。”

仙女捂住我的双眼。等她松开手时，我发现青春已不在身边，而且我脱光了物质的衣服，赤裸着身子。我问道：

“神的女儿，青春在哪里?”

她没有回答，而用翅膀挟着我，带着我飞到一座高山的峰顶。于是，我见到了大地，大地上面的一切像一页纸展现在我面前，人间秘密犹如纸上的文字，我一览无余。我畏惧地站在仙女身边，审视着人的隐私，探询着生命的奥秘。我见到了——但愿我没见到——幸福天使与灾祸恶魔搏斗，而人则迷茫彷徨，一时感到有望，一时又心灰意懒。我见到爱情与仇恨在戏弄人们的心：这个遮掩他的错误过失，以逆来顺受的美酒让他醉生梦死，对他竭尽歌功颂德之能事；那个让他怒火中烧，闭目塞听，忠言逆耳。我见到城市像街头巷尾的妓女，拉扯着人的衣角，还见到美丽的田野远远地站着，为此哭泣。

我看见像狐狸般狡猾的祭司翻云覆雨，欺世盗名的帝王千方百计地笼络人心。人们大声向睿智呼救，而睿智则拂袖而去；因为当睿智在大街上当众招呼他们时，他们根本不听。

我见到牧师大多仰望天空，而心灵却沉湎于贪欲的坟中。我见到青年人以如簧之舌调情挑逗，谈不上真情实感，只有空洞无物的欲望。我看到律师喋喋不休，在欺诈和口是心非的市场上讨价还价。我看到医生们正把信赖自己的普通人的生命视为儿戏。

我见到蠢人同智者平起平坐。蠢人还把自己的过去抬举上光荣的宝座，而他的现在则躺到富足的绒毯上，还为自己的未来安排了豪华的床铺。

我看到可怜的穷人在耕作，富人权贵却去收获吃喝。专制横行，人们却把它称之为法律。

我看到不义的窃贼正在偷盗理智的宝库，而光明的卫士却在怠惰的梦乡中沉睡不醒。

我看见妇女如不懂音乐的人手中的吉他，发出难听的噪声。

我看见那些知名的军队包围了具有光荣传统的城市，但那支军队已溃不成军。

我看见真正的自由在大街上踽踽独行，挨门挨户地乞求给她以栖身之地，人们却对她嗤之以鼻。

我见到放荡形成一支大军，招摇过市，而人们却称之为自由。

我见到宗教被埋进字里行间，虚幻取代了它的地位。

我见到人们给忍耐穿上怯懦的外衣，给坚毅戴上了怠惰的帽子，称温柔为恐惧。

我看见不速之客在文学的宴席上巧言善辩，而应邀前来的客人则默默无言。

我看见奢侈者手里的金钱是邪恶的罗网，悭吝者手里的钱财是人们憎恶的起因，而智者的手中则都不名一文。

当我见到这一切，便痛心疾首，大声呼叫：

“神的女儿啊！这就是大地吗？这就是人类吗?”

她平静而发人深省地说道：

“这是铺满荆棘的灵魂之路，是人类的阴影，是黑夜。 黎明会到来的。”

说完，她又捂上我的双眼。 当她松开手时，我发现自己又同青春缓步同行，而希望则在前面飞奔。

昨天和今天

富翁在自己公馆的花园里散步，烦恼紧随其后。不安在他头上盘桓，像是兀鹫在尸体上方翱翔。他终于走到一个巧夺天工的人造湖前，湖岸上布满了大理石的雕像。他在湖边坐下，时而望着从雕像嘴里喷出的水柱，它们活似情人汹涌的思绪；时而看着坐落在小丘上的美丽的公馆，它如同少女面颊上的美人痣。

他坐在那里，浮想联翩，回忆正在翻阅他那一页一页的往事。他边读，泪水边模糊了他的双目。他看不见湖面，但心中却浮现往昔的一幅幅画面，那是上天绘成的。他悲伤地说道：

“过去，我在翠绿的山野放牧羊群，为生活欢天喜地，吹奏芦笛，表达我的欣悦；今天，我成了贪欲的俘虏，被金钱牵着走，金钱把我引向贪心，贪心给我带来不幸。当年，我像小鸟一样歌唱，似蝴蝶翩跹，在田野里，我身轻如燕，疾步如飞；现在，我是世俗的囚徒：穿着打扮，在饭桌上装腔作势，以取悦客人，遵循他们的法律。过去，我想自己生来是为了享尽人间欢乐；现在，受钱财的支配，我整日自寻烦恼，我仿佛成了驮有足以压毙自己的沉重金子的骆驼。宽广的平原在哪里？流水欢歌的小溪在哪里？清新的空气在哪里？大自然的尊严在哪里？我的神力又在哪里？我失去了所有这一切，剩下的只是金子，我爱它，它却蔑视我；剩下的只有奴仆，他们越多，我的欢乐就越少；留下的只有高楼，我建起了它，它却毁掉了我的欢乐。当年，我同牧女并肩而行，只有溶溶月色和爱情伴随我们‘而今天，我身前身后的女人，搔首弄姿，挤眉弄眼，珠光宝气，矫揉造作，她们出卖色相。当年，我同伙伴们似林中羚羊，怡然自得，我们引吭高歌，分享野味；如今，我在人们中间，活似鹰爪下的一头小绵羊。我走在街上，憎恨的目光射向我身上，嫉妒的手对我指指戳戳；我走进公园，见到的都是昂起的头，板着的脸。昨天，我享受着生活的风采和大自然的美，现在，我被剥夺了这一切。过去，我因幸福而富有，今天，我却是个有钱的穷人。过去，我放牧羊群，像一个仁义的国王；今天，我守着金子，却是个卑微的奴仆，对主人唯命是从……我没想到金钱会湮没我的心泉，把我引向愚昧的深渊；也没料到人们所认为的荣耀是地狱之火烧灼下的良心……”

富翁站起来，长吁短叹地向公馆缓缓走去，不住地说：

“这就是钱财吗？这就是把我变成祭司的神灵？这就是我们以生命购买却无法换回一丝一毫生命的东西？谁愿以数十公斤金子卖给我美好的思想？谁愿从我这里抓去一把珠宝，而给我一丝爱情？谁搬走我的金银宝库，而给我一只看见美的眼睛？”

当他走到公馆门口，向城里瞥上当年耶利米[①]瞥耶路撒冷的一眼时，抬起手为它哀悼，大声说道：

“行走在黑暗中的人们，坐在死亡阴影下的人们，追随着苦难的人们，颠倒是非和胡说八道的人们！你们啃吃荆棘、芒刺，把鲜花和硕果扔进山涧的日子到何时为止？你们栖身废墟和泥泞之中，丢下生机勃勃的花园不住的日子到何时为止？你们放着华丽衣服不穿，偏要拣那些褴褛衣衫是为了什么？人们啊！智慧的明灯已经熄灭，快给它添上油！过路人要破坏幸福的葡萄园，快保卫它！盗贼要抢劫你安适的住房，要加小心！”

此时，一个穷人站在这个富翁面前，伸手乞讨。富翁瞧着他，闭拢颤动的嘴唇，舒展紧锁的眉头，眼中射出温柔的目光。他在湖边追忆的往昔，现在过来招呼他了。他走近那个乞丐，友爱地亲吻他，让他手上捧着满满的金币。富翁同情地说：

“今天先把这些拿去吧，兄弟！明天，你带着同伴一起来，把你们的钱财都带回去。”

---

① 耶利米（约前650—前575），以色列四大先知之一。据传，《圣经·旧约》中的《耶利米书》和《耶利米哀歌》为其所作。他曾预言耶路撒冷被毁，认为这是上帝对犹太人罪恶的惩罚，并恳求上帝宽恕。

穷人露出凋零的花朵喜逢甘露般的微笑，迅速离去了。

此刻，富翁走进公馆，说道：

“生活中的一切，包括钱财都是好的，因为能给人以教益。钱财如琴瑟，谁不会弹奏，就只能听到刺耳的噪音；钱财如爱情，谁悭吝不与人，它会让他垂死，谁大方与人，它会让他新生。”

灵魂啊，求你怜悯

我的灵魂啊！你知道我软弱，你要号啕到何时？我只能以人间语言描述你的梦想，你要吼叫到何时？

我的灵魂啊！你看哪！我这一生始终在聆听你的教导。你这是折磨我啊，我的灵魂啊！你细瞧！我对你亦步亦趋，耗尽了毕生的心血。

我的心，原本属于我，现在却成了你的奴隶；我的坚忍，原本是我的慰藉，现在却因为你而变成对我的责备；青春原本是我的朋友，现在却因为你而将我怪罪。这一切都是上天赐给我的，你还要怎么样，还有什么奢求？

我否定了自我，放弃了我生活的隐蔽所，舍弃了毕生的荣耀，只留下了你。请你公正地裁判我，公正是你的荣誉所在；或者你把死神请来，使我摆脱你的束缚，从此永远分开。

灵魂啊，求你怜悯！你把爱情——我难以承受的重担——压在我的心头。你和爱情是统一的力量，我同物质是分崩离析的弱者。强弱相持，岂能长久？

灵魂啊，求你怜悯！你让幸福对于我可望不可及：你同幸福立于高山之巅；我与苦难堕入沟壑、深渊。这一高一低，怎能相见？

灵魂啊，求你怜悯！你让美在我眼前时隐时现：你与美在光明之中，而我与愚昧在黑暗当中。光明与黑暗怎能混杂？

灵魂啊，来世降临之前，你就为它欢欣；而这身躯活着，却因之受苦。

你迅速地奔向永恒的世界，而这身躯缓慢地走向灭亡；你不徐不缓，它不急不躁。灵魂啊，这极为可悲。

在上天的吸引下，你冉冉向上，而这身躯因地球引力缓缓下坠；

你不会安慰它，它不会祝贺你，这就是憎恶。

灵魂啊，你因自己的智慧而富有，这身躯因自身的本质而贫困；你不会降低身份，它不会高攀附会，这十分不幸。

在寂静的夜晚，你去情人那里，享受拥吻；而身躯则永远受到思念和离别的煎熬。

灵魂啊，求你怜悯，求你怜悯！

寡妇及其儿子

夜幕铺天盖地地遮盖了黎巴嫩北部卡迪莎谷地四周的村落。白天，这里下了雪，把田野和高地变成一片白纸，大风不时在上面留下道道痕迹，又不时把它抹掉。风暴在嬉戏，自然界在发怒。

人们都躲避在家里，动物藏在窝里，一切有生命的都暂停活动。只有严寒肆虐，狂风怒号，黑夜阴森；死神强大，令人生畏。

村中一座孤零零的小屋里，一个女人正在火炉前织毛衣。身边躺着的孩子，一会儿望望炉火，一会儿看看母亲恬静的面庞。正在此时，狂风大作，把房子刮得摇晃不止，母亲忙把孩子搂在怀里，亲吻他，因为他害怕地靠近她，想凭她的抚爱抵御大自然的怒气。母亲把孩子放到膝上，说道：

“别慌，孩子！大自然是在教训人类，显示威力，相比之下，人类就显得弱小。别怕，在飘扬的大雪、阴沉的乌云和呼啸的狂风后面，有全能的造物主圣灵，他知道田野和山丘的需要。在这一切的后面有一位强者，怜悯、仁慈地注视着渺小可怜的人。别急，我的心肝！大自然春天微笑，夏天大笑，秋天叹息，现在却想哭了。他要用冰冷的泪水滋润泥土下面的生命。睡吧，孩子！等明天醒来，你会看到晴朗的天，田野穿上晶莹的白衣，就像同死神搏斗后的灵魂穿上纯洁的服装。睡吧，儿子！你爸爸正在永恒的舞台上看着我们。多好啊，暴风雪使我们更怀念那些不朽的心灵。睡吧，我亲爱的，经过这些风雪的互相争斗，当四月来临时，你能采摘许多美丽的花朵。人也是这样，儿子，只有经历千辛万苦，才能得到友爱。睡吧，小家伙，甜蜜的梦会降临在你的心上，不必担心夜晚的阴森和刺骨的严寒。”

孩子睁开困倦的眼睛，望了母亲一眼，说道：

“妈妈，我困得眼睛都睁不开了，我怕做不完祈祷就睡着了。”

慈祥的母亲搂着他，热泪盈眶地望着他天使般的面庞，隔了一会儿，她说：

“我的孩子，跟我一起说：‘主啊！请怜悯穷人吧！请用你的手遮住他们赤裸的身体，保护他们不受严寒的侵害！请看一眼睡在茅草棚里的孤儿，冰雪正冻伤他们的身躯！主啊，请听听站在街头、在死神的利爪和寒冷的魔掌中挣扎的寡妇们的呼声吧！主啊，请伸出你的手触动一下富人的心，让他们睁眼看看受欺压的弱者的惨状！主啊，请怜悯那些在阴森之夜站在门外的饥肠辘辘的人吧！请你为异乡人指引一个温暖的栖身之处，怜悯他们的孤单吧！主啊，请你看顾那些飞鸟，保护那些遭狂风袭击的小树吧……主啊，愿这一切都能实现。’”

当孩子进入梦乡之后，母亲把他放在床上，用发颤的嘴唇亲了他的前额。 然后，她回到火炉前，为他继续织毛衣。

世代与民族

在黎巴嫩山脚下，涓涓细流在岩石间似银带一般游动。一位牧羊女坐在溪边，周围是群瘦羊，在遍地荆棘中啃啮着干枯的草。这个姑娘，望着遥远的天边，像是在读写在苍穹之上的未来。她睫毛上沾有泪珠，仿佛水仙花瓣上的露珠。悲哀使她张开嘴唇，好似要把她叹息的心挖出来。

当夜晚降临时，群山被阴影遮盖。一位老人突然出现在姑娘面前。他银须垂髯，白发披肩，右手拿一把带齿长镰。他似海啸般的声音从口中发出：

“叙利亚[1]，你好。”

姑娘受惊地站起来，声音发颤地说：

“世代老人，你现在找我干什么？”

稍后，她指着自己的羊只，补充道：

“原来这群山羊跑得满山遍野，现在只剩下这些了，这是你贪欲下的残留。你来是为了再抢走些吗？

“这里本是绿茵草地，由于你的铁蹄践踏，变成了荒地。我的羊本来啃啮香花芳草，流出洁白乳汁，现在空着肚皮，因怕饿死，都去啃树根和荆棘了。

“世代老人，你要当心上帝的惩罚，快离开我吧！想起你的暴行，我不由地憎恨人生，想起你的镰刀，我还不如去死。

“让我清静些吧，由我独自吞咽泪水，呼吸悲哀的气息。世代老人，去西方吧！那里的人们正生活在喜庆之中。你就让我在这里

① 叙利亚在这里指历史上的大叙利亚，包括现在的叙利亚、黎巴嫩、约旦和巴勒斯坦等地。

为追悼你而号哭吧！”

老人慈父般地瞥了姑娘一眼，把镰刀藏进衣服里，说道：

“叙利亚！我从你那里取走的仅仅是我赠品中的一部分。我没有强抢，而是暂借，我信守诺言，保证归还。你应知道，你的姐妹民族因沾了你的光才享有福气，她们穿上了原本属于你的外衣。我同公正浑然一体，因此过去馈赠于你的，也应给你的姐妹。不这样，不能让你们一样地爱我，爱只能平等相待。叙利亚！你同你的邻居埃及、波斯、希腊一样：他们拥有与你的羊群相似的羊群，与你的牧场相同的牧场。叙利亚！你所谓的沉沦我称之为必须的睡眠，随之而来的是活力和朝气。鲜花只有枯死才能复生，爱情只有在离别后才会变得更加强烈。”

老人靠近少女，伸出手说道：

“先知之女，请握住我的手吧！”

少女握住老人的手，泪眼汪汪地注视着他，说道：

“别了，世代老人，别了！”

老人回答道：

“再见，叙利亚，再见！”

老人似闪电般地不见了。少女招呼自己的羊只，反复说道：

“天哪，会再见吗？会再见吗？”

在美神的宝座前

我从社会逃出来，徘徊在宽阔的谷地里：一时追随溪水流踪，一时聆听飞鸟啼鸣。最后来到一处地方：枝繁叶茂，遮天蔽日。我坐下后，默默地思索，然后又自言自语。这是一颗干渴的心，认为眼下见到的都是海市蜃楼，不可见的方可饮用。

我的思绪摆脱了物质的桎梏，在幻想的天地里翱翔，我蓦然回首，见一位少女在离我不远处站着。那是一位仙女，不披金戴银，用一根葡萄藤遮着身体，金发上顶着一顶花冠。她看出我手足无措，说道：

“你别怕，我是森林的女儿。”

她甜美的声音使我恢复镇静。我问道：

“谁能想得到，像你这样的人怎么能忍受孤寂，住在野兽出没的荒地里呢？老实地告诉我，你是什么人，从哪里来？”

她坐在草地上，回答说：

“我是大自然的象征，我就是你的祖先所崇拜的那位仙女。他们在巴阿莱拜克、艾弗卡、朱拜勒①为我修筑了祭坛和庙宇。”

我说：

“那些庙宇都已坍塌，我祖先的骨骼也已化为尘埃。有关他们的女神和他们的信仰，在书本中只留下很少的篇章。”

她便说：

“某些神祇因崇拜者之生而生，随崇拜者之死而死。有些神祇则因永久的无始无终的神性而永存。至于我的神性，它来自你随处

① 巴阿莱拜克、艾弗卡、朱拜勒均为中世纪伊斯兰教地，建有清真寺，设有附属伊斯兰教学院。

可见的美。美就是大自然的一切。美是丘陵间的牧人、田野间的农民和在山海之间跋涉的人们的幸福的开端；美是智者登上真理宝座的阶梯。”

我的心怦怦地跳，不由地舌头说了这些话：

“美是一种力量，它可怕而威严。”

她嘴角绽出鲜花般的微笑，目光展现了人生的真谛。她说：

“你们人类害怕一切，包括你们自己。你们怕天，而天是安宁之源；你们怕大自然，而它是舒适的摇篮；你们怕上帝，说他怨恨和发怒，而他是博爱和怜悯，而不是什么别的。”

在一阵沉默之后，我脑海中闪过了许多有意思的画面。我问她道：

“这美是什么？因为对它的了解与解释不同，人们对它的看法不一，对它的赞美和热爱也各异。”

她回答：

“美是能令你倾心的一种魅力。你见到它时，愿意奉献，而不是索取；你遇到它时，感到你内心深处伸出许多双手，要把它搂进身体内部；身体把它当作考验，灵魂视它为恩典，它协调悲哀与欢乐。当你见它时，它被遮蔽；当你了解它时，它却无名；当你听到它时，它寂然无声。它是一种力量，始于你自身最圣洁的深处，止于你想象之外……”

森林之女走近我，用香气袭人的手捂住我的眼睛。当她松手时，只有我自己在那谷地里。于是我自言自语道：

“美就是当你见到它时，甘愿献身，而不索取。”

智慧的来访

夜阑人静，智慧来到我的床前。它像慈母一样望着我，拭去我的泪水。它说：

“我听到你心灵的呼喊，便来安慰你。你向我敞开心扉，我会让光明充满你的心田。你问吧，我会给你指引真理之路。”

我于是问道：

“智慧啊！我是谁？我怎么会来到这个可怕的地方？这些伟大的愿望、这么多的书和这些奇怪的图画是什么？这些似鸽群飞过的思想是什么？这些带有意向的诗句和耐人咀嚼的散文是什么？这些令人悲哀、使人欢乐、拥抱我的灵魂、同我心灵对话的作品是什么？这些凝视我的内心深处、不顾我的痛苦的眼睛是什么？这些歌颂我的童年、为我现在的日子号啕的声音是什么？这玩弄我的爱慕、蔑视我的感情的青春是什么？这青春忘却了昨日的业绩，迷恋当前的琐事，埋怨姗姗来迟的明天。这把我带往我不了解的地方、同我一起受到轻视的世界是怎么回事？这张口吞噬人们躯体、为野心家提供住所的大地是什么？这人是什么？他满足于幸福之爱，即使面临着深渊；死神打他的耳光，他也要生活的亲吻，愿花一年的代价换得一分钟的欢乐；面对理想的召唤，他仍沉睡不醒；他逐愚昧之流，直至阴暗的海湾。智慧啊，这一切是什么？”

她回答道：

“人呀！你想以神的眼光看待这个世界，却以人的思维弄清楚来世的奥秘，这是极其愚蠢的。你去野外吧，会见到蜜蜂围着鲜花飞，而鹰则扑向猎物。你到邻居家去，会发现婴儿对火光吃惊，而母亲则忙于家务。你该像婴儿一样，为火光而欢欣，让你母亲忙她的事去。你见到的一切，过去的或者现在的，都是为了你。许许多

多的书，奇奇怪怪的画，美好的理想是先辈们心灵的影像。你所写的诗文，把你同兄弟们连接了起来。那令人悲欢的作品是些种子，往昔把它撒入心田，未来使它丰产……那玩弄你意愿的青春，打开了你的心扉，使它充满光明。这带着你走的世界，就是你的心，你的心就是你所认为的世界；你所说的愚蠢而渺小的人，来自上帝，通过悲哀学习欢乐，从黑暗中学习知识……”

智慧把手放在我发烧的额头上，说道：

“往前走，千万别停下，前方是完美。走吧，别怕路上的荆棘，因为它使之流出的只有腐败的污血。”

一个朋友的故事

1

我认识他，一个误入生活歧途的青年，一味地寻欢作乐，浪荡成性。我认识他，一朵娇嫩的鲜花，被轻浮之风刮进了贪欲的波涛中。

我知道他，在这个村子里，他是个坏孩子，上树掏鸟窝，整死雏鸟；践踏鲜花，撕烂花瓣。我知道他，在学校里精力过盛，不肯用功，一味胡闹，到处捣乱。我知道他，在城市里靠着父亲的名誉招摇撞骗，挥金如土，吃喝嫖赌，无所不为。

不过，我还是爱他的，这种爱掺杂着遗憾，也含带着怜悯。我爱他，因为他的胡作非为并非源自卑微的灵魂，而是出自一颗软弱绝望的心灵。人们啊，那颗心不得已偏离了正道，但仍想回头成金。青春期常有夹着沙尘的风暴，人们难以睁眼，偏离目标，在许多方面混混沌沌。

我爱这个青年，对他忠实诚恳。我看他的良心像只鸽子，恶习像只兀鹫。鸽子落败不是因为怯懦，而是敌人的力量太强。良心是一个公正的法官，但是软弱，软弱阻碍了他去实施自己的裁判。

我说了我爱他，这种爱通过各种形式表现：有时晓之以理，有时给以公道，有时则是期望或者等待。我对他的爱曾表现为希望他心灵的光芒会驱散那恼人的阴霾。可是，我不知道，污垢怎样才变成纯洁，凶残怎么能变得温顺，轻浮怎样变成理智。人们常常在事后才知道，心灵怎样摆脱物质的桎梏。只有待日出以后，才知道百花如何争艳。

2

光阴荏苒，日复一日，我想起那个青年就心如刀绞，提到他的名字就长吁短叹，忧心如焚。这种情形一直持续到昨天，我接到了他的一封信。他在信中写道：

“请到我这里来，我的朋友！我想向你介绍一位青年，你会真心愿意同他见面，认识……”

我说：

“真倒霉！难道他是想让我再结交一个像他那样的朋友，让这可悲的友谊成双结对？难道他独自还不够典型，还不足以使人知道误入歧途的种种表现？难道他现在想以伙伴们的顽劣补足他的丑行，让我们逐字逐句读完这部物欲的经典？”

过了一会儿，我又想：

“我还是去，心灵可依靠智慧从带刺的鼠李上摘下果实，也可以用仁爱从黑暗中汲取光明。”

夜晚来临时，我去了，发现那个青年正独自在屋里读诗。我一面同他寒暄，一面对他竟手捧书本不胜惊讶。于是，我问道：

“新朋友在哪儿？”

他回答：

“就是我呀，赫里里。是我。”

他随即安静地坐下来，我从未见过他这么文静。他望着我，双眸闪现出奇异的光。那光可以洞察心扉，了解一切。这双眼睛，我过去常审视它，当时见到的只有粗暴和凶狠，现在变得目光炯炯，情深意长。当他说话时，我还以为那声音出自他人之口。他说：

“你从前认识的那位同窗，青年时期的朋友已经死了。由于他的死，我获得了新生。我是你的新朋友，握住我的手。”

我握住他的手，在接触到他手时，我便感觉到他手里有一个温和的灵魂随着血液流动着。那粗硬的手已变得柔嫩；过去像老虎爪子的手指头，现在柔软得可以抚摸心脏。接着，我忍不住发问，我不知道我的话怎么会说得那么莫名其妙。我问道：

“你是谁？你是怎么来的？去过什么地方？是圣灵使你脱胎换骨，把你变成圣徒，还是你在我面前扮演一个诗剧里的角色？”

他回答说：

“我的朋友，是的，是圣灵降到了我的身上，使我变成了圣徒；伟大的爱把我的心变成了圣洁的祭坛。它是女人，我的朋友，我过去认为是男人玩物的女人，把我从黑暗的地狱中拯救了出来，在我的面前打开了天堂的大门，于是我走了进去。那个真正的女人把我带到她仁爱的约旦河畔[1]，为我施了洗礼。就是那位女性，我曾经因愚蠢蔑视过她的姐妹，她却把我抬举到光荣的宝座上；就是那位女性，我曾经因无知而玷污过她的伙伴，她却以自己的情感使我焕然一新；就是那位女性，我曾经用金钱役使过她的同伴的女儿，她却用她的美使我自由……就是那个女性，她曾使亚当被逐出乐园——由于他的懦弱和她强烈的意愿，而如今却使我重返乐园——由于她的温柔和我的顺从。”

此刻，我注视着我的朋友，只见他泪珠晶莹，嘴角绽出甜蜜的微笑，头上闪耀着爱情的光环。于是，我走近他，亲吻他的额角，祝福他，就像教士在祭台上亲吻圣体一样。不久，我向他告别。在归途中，我重复着他的话：

“就是那个女性，她曾使亚当被逐出乐园——由于他的懦弱和她强烈的意愿，而如今却使我重返乐园——由于她的温柔和我的顺从。”

---

① 《圣经》上说，耶稣曾在约旦河畔受过施洗者约翰的洗礼。

真实和幻想之间

生活带着我们从一个地方到另一个地方，命运把我们从一种环境换到另一种环境。我们看到的只是路途坎坷，我们听到的都让我们心惊胆战。

美在自己荣耀的宝座上，我们靠近它，以思念的名义，弄脏了它的衣角，摘下了它圣洁的王冠。爱情披着温柔的衣衫经过我们的面前，我们怕它，躲在黑暗的角落里，或者紧跟着它，以它的名义作恶。我们中间的智者把它当作沉重的镣铐，尽管它比鲜花的芬芳更轻柔，比黎巴嫩的煦风更温顺。智慧站在十字路口，呼唤我们，我们却认为那过于荒诞，对应召前去者冷眼相待。自由召唤我们赴宴，享受它的美酒佳肴。我们去了，口吐涎水，那宴席变成一场丑剧，庸俗下流。大自然向我们伸出友好之手，要我们享受它的美，而我们却因害怕那里的静寂而寄居城市；而那里人越来越多，像遇到狼的羊群，挤成一团。真实被儿童的微笑或者情人的亲吻带领，前来看望我们，而我们却紧闭自己情感的大门，躲着它，活像一个罪人。良心向我们呼救，灵魂在呼唤我们，我们却执迷不悟，充耳不闻；如果有人听到他良心的呼唤和灵魂的叫喊，我们就说这个人犯了疯病，离他远一点。

就这样，夜晚经过我们身边，我们却浑然不知。岁月同我们握手，我们既怕夜晚，又怕岁月。神祇属于我们，我们却靠近泥土。饥荒吞噬我们的力量，而我们却拒绝品味经过我们的面包。生活是多么可爱，我们离生活多么遥远！

喂，我的穷朋友

喂，诞生在苦难的摇篮里，成长在屈辱的怀抱中，消耗青春于专制豪门内的人，你在叹息中啃着变干了的面包，喝着滴有泪水的浑浊苦水；

喂，士兵！你遵照人类残暴的法律规定，离开妻小和钟爱的人，为那假义务之名、行贪欲之实的野心家卖命；

喂，诗人！你在祖国如同陌生人，在知心者中仿佛无名之辈，甘愿喝墨水和吞纸片；

喂，被投入黑牢的囚徒！你的过失在于昏庸者要以牙还牙，而开明者认为是不足挂齿；

喂，天生丽质的可怜的姑娘！纨绔子弟对你紧追不舍，百般挑逗，以金钱征服你的贫穷，占有了你后又抛弃了你，使你忍辱负重，瑟瑟发抖。

我亲爱的弱者，你们是人类律法的牺牲品。你们不幸，这不幸是强者的蛮横、统治者的暴政、富人的悭吝、歹徒的自私的结果。

不要沮丧，透过这世界的阴霾，透过物质，透过乌云，透过以太，透过所有的一切，你将看到一种力量，那便是真正的公正、仁慈、同情和博爱。

你们如同在阴影下生长的花朵，和风拂过，带着你们的种子飞向阳光，在那边过着美满的生活。

你们如同被冬雪压迫的树干，春天来临时，会给你们穿上葱茏的绿衣。

真理会使你们转涕为笑。

兄弟们，我亲吻你们，并且蔑视压迫你们的人。

田野里的哭声

黎明时分，晨曦初露，我坐在田野里，同大自然谈心。在这充满了纯真、美好的时刻，人们或者仍在沉沉梦乡，或者睡眼惺忪。我头枕小臂，仰卧在绿茵上，向我见到的一切事物探询什么是美的真谛，让眼前的一切向我述说什么是真实的美。

当想象把我同人间的世界分隔开来，幻想揭去蒙在我主观意识上的物质破布时，我觉得自己的灵魂升华了，让我更接近大自然。大自然向我展现了它的奥秘，让我理解自然万物的语言。

当我陶醉在此情此景时，树木枝叶间徐徐拂来阵阵微风，简直是悲苦的孤儿在叹息。我便不解地问道：

“温煦的和风，你为什么要叹息?”

它回答说：

“因为我被太阳的炽热逼得向城里去，而在城里，我纯洁的躯体却沾满了病菌，人类有毒的气息也紧追着我。所以，我才显得悲哀。”

我转眼向花朵望去，只见它们流下的不是露珠，而是泪滴。我便又问：

“美丽的花朵，你们为什么哭泣?”

有一朵花儿抬起艳丽的头颅，说道：

“我们哭是因为人们就要来了，他们会掐断我们的脖颈，把我们带回城里。我们本是自由的，却要像奴隶那样被卖掉。到了晚上，我们蔫萎了，他们把我们当垃圾那样扔掉。人类残酷的手将把我们同故土田野隔绝，我们怎能不哭呢?”

不久，我听到溪水如丧子之母号啕，我便问它道：

“甘甜的溪水，你为什么大哭?”

溪水回答说：

“因为我不得已流往城市，而那里的人却鄙弃我，他们以葡萄酒代水，却用我去洗刷污垢。过不了多久，我这纯净的清水就会变得污秽不堪，我怎么能不大哭呢？”

过了一会儿，我听到鸟儿都在悲恸地唱着哀歌。我便问它们：

“美丽的鸟儿，你们为什么唱悲歌？”

有一只鸟飞到我面前，停在一根树枝上，它回答道：

“人将来到这里，带着一种该诅咒的工具，像割草一般地消灭我们。我们正互相告别，因为不知道谁将幸免于难。死神正紧追着我们，我们怎能不悲恸呢？”

太阳从山后露头了，给林木戴上了一顶顶金冠。我问自己：

“人类为什么要毁掉大自然的建业呢？”

茅屋和宫殿

1

夜幕降临，富人的公馆灯火通明，仆人站在门外，身着缀有锃亮纽扣的丝绒服装垂手直立，等待宾客的到来。

乐队奏起了欢快的旋律，达官贵人、贵妇小姐扬鞭策马，纷纷到来。 他们身着名贵服装，傲气十足。

男人起身邀请女士跳舞，大厅变成了一座花园，乐曲如春风荡漾，百花随风飘曳。

半夜时分，铺上了桌子，摆上各种珍奇水果、名酒佳酿。 于是觥筹交错，一个个喝得酩酊大醉。

早晨，那些达官贵人在度过一个通宵之后，筋疲力尽，昏昏沉沉，各自爬上了舒适的软床。

2

太阳落山后，一个身穿工作服的男子叩着一间茅屋的门。 门开后，他走进去，微笑着打了招呼，然后在围火炉而坐的孩子们中间坐下。 过了不久，他妻子做完晚饭，于是大家围着木桌狼吞虎咽起来。 饭后。 他们坐在油灯下，油灯在黑暗中发出微弱的光亮。

过了十点钟，他们全都默默地上床，随即进入梦乡。

黎明时分，这个穷人便起床，同妻子和儿女们一起吃点面包，喝几口牛奶。 他亲吻了他们之后，便拿着锄头去地里，用血汗浇灌泥土，收获之后供那些达官贵人像昨晚那样挥霍。

太阳从山后升起，天气越来越热。 阳光照射在那农夫的头上，而此时那些富人却仍在高楼大厦里昏睡。

这是人类在世代舞台上长演不衰的悲剧，有许多观众喝彩叫好，很少有人对此沉思默想和悟出些什么。

两个孩子

国王站在王宫的阳台上，向拥挤在花园里的人们喊道：

“我向你们报告好消息，向全国贺喜！王后生下了一个王子，将为我尊贵的家族光宗耀祖，他将成为你们的骄傲与幸运，他将继承我伟大祖先的社稷。你们欢呼吧，歌唱吧！你们的未来就寄托在尊贵的殿下身上了。”

人们大声欢呼，声震云霄。这位王子将养育在富贵的摇篮里，成长在显赫的宫殿里，此后他将掌握奴仆的生杀大权，管理着弱者的一举一动。他自由役使他们的身体，任意摧残他们的精神。而人们竟因此欢喜雀跃，高唱赞歌，觥筹交错。

这些人在歌颂强者，轻视自己；他们歌唱独裁者，而天使却在为他们的渺小而痛哭流涕。在一座破烂的茅草屋里，一个患病的女人卧床不起，怀里还搂着一个包在破烂襁褓里的婴儿。

那女人正值青春，过着命中注定的苦日子。贫穷就是苦难。人们对她不闻不问，不管不顾：她结婚后，强大的国王的暴政害死了她软弱的丈夫。她孤苦伶仃，而上帝却在那个夜晚给她送来了一个小伴侣。这就拴住了她的手，她无法工作，也没有糊口之资。

街上人们的喧闹声过后复归平静。可怜的女人把孩子抱在怀里，望着他哭肿了的泪眼，不禁痛哭起来，仿佛要以自己的热泪为孩子洗礼。她的声音如此凄惨，连硬石都为之动容。她说：

“我的心肝，你为什么要从灵魂的世界来到人世？你是想分担我生活的酸苦，还是想怜悯我的病痛？你为什么离开了天使的宽广的苍穹，来到这充满苦难和屈辱的狭窄的人世？我只有眼泪啊，宝贝！难道你能用眼泪替代奶汁吗？难道我这赤裸的双臂能代替你的衣裳？小牲畜可以吃草，在窝里安全过夜；雏鸟可以啄食种子，愉快地栖身在枝杈上。可是，我的孩子，你可只有我的叹息和病弱之躯啊！”

说着，她用力搂着孩子，像是要把两个身体合成一个。她抬眼望天，大喊道：

“主啊，请怜悯我们！”

乌云散去，月亮露出脸盘，将柔和的光线洒入那个贫寒之家，照在两具僵硬的尸体上。

死之美

献给 M. E. H.

请你们让我睡！爱的佳酿已使我心醉。

请你们让我睡！我的灵魂已尝够白昼和黑夜。

请在我灵床周围点燃蜡烛，燃起香炉，在我的身上撒上玫瑰和水仙花瓣，在头发里撒上麝香粉，在脚上洒些香水。然后，请看看，读读死神之手在我的额头上写了些什么。

让我沉睡下去！我对这种清醒早已厌倦。

请弹琴！让银弦的和声萦绕在我的耳边。

请吹笛！用优美的旋律织成薄纱，罩住快要停止跳动的心脏。

请唱挽歌！用神奇的词句做我感情的灵床，然后你们再仔细端详，瞧瞧我眼中的希望之光。

朋友们！快擦干眼泪，然后像百花在黎明时抬起花冠那样昂起头。你们看哪。死神的新娘如一根光柱，立在我的灵床和苍穹之间……请你们屏住呼吸。同我一起聆听它那白翼扇动的声响。

请过来同我告别，兄弟们！请用微笑的嘴唇亲吻我的额头！请用你们的眼睑贴着我的嘴唇，再用你们的嘴唇亲吻我的眼险。

让孩子们靠近我的床！让他们用白嫩的小手抚摩我的脖颈；让老人们走近来为我祝福！让用他们干瘪僵硬的手摩挲我的额头；让少女们靠近我。看看我眼中的上帝的样子，听听天国永恒的乐曲在我弥留时发出的急促的回响。

诀　别

啊！我登上了山顶，我的灵魂在自由和解放的天空翱翔。

兄弟们，我已经走远了，远了。云雾模糊了我的视线，山峦变得朦胧；千沟万壑淹没在寂静之海中，大道小径被遗忘的手掌抹平；草原和森林隐没在幻影之中：白的像春天的云彩，黄的似阳光，红的如晚霞。

大海波涛的拍击声逐渐微弱了，田野里的溪水声慢慢消失了，世间的嘈杂喧闹已变得一片寂静，我只听见同灵魂意愿一致的永恒之歌。

安　息

请脱掉我身上的麻布尸衣，用茉莉和百合花瓣盖住我的身体！

请把我从象牙棺材里抬出来，让我躺在柑橘花和柠檬花上！弟兄们，不要哭我，而要歌唱青春的欢乐！田野之女，不要抹泪，而要吟诵丰收的锦诗[①]！

不要用唏嘘和悲叹掩埋我！请你们在我的胸前画上友爱和欢乐的标记。

不要用咒语和预言去扰乱空间的宁静！请你们从心里同我一起赞美永恒不朽。

不要穿黑色丧服哀悼我！还是穿上鲜亮的衣服同我一起欢笑。

不要谈起我的离去就悲哀！你们闭上眼睛，不论是现在、明天，或是未来，都会见到我就在你们之中。

请把我安放在青枝绿叶丛中，请抬着我，慢慢地走向空旷的原野。

不要把我送进墓地！拥挤使我不得安宁，骷髅的碰撞声会夺走我长眠的安宁。

请把我送到松树林，在紫罗兰和罂粟花竞相争艳的地方，为我挖一个墓坑。

① 锦诗是阿拉伯的一种诗体。

请为我挖一个深坑，免得洪水将我的尸骨冲入河谷。

请为我挖一个大坑，让夜间幽灵坐在我身边。

请你们为我脱掉这些尸衣，让我赤条条地进入大地之心！请你们慢些，再慢些，把我放到我母亲的胸膛上。

请你们用细土掩埋我，撒一抔土，再撒一把百合、素馨和长寿花的花籽。让这些花吸取我身上的营养，在我的坟墓上发芽、成长，在空气中发散我心灵的芳香，将我的心声转告太阳。这些花将随风飘去，提醒过路人记住我的理想与愿望。

兄弟们！现在请你们把我放下，让我留在这里。你们走吧，要无声无息，就像静寂走在空谷里。

让我一人留在这里！你们可以离开我，去四面八方，像四月春风过后，桃花、苹果花落满地。

请回你们自己家吧！那里的有些东西死神也无法从你们手中夺走。

离开这个地方吧！你们寻找的人已经远远地离开了这个世界……

组　歌

一支歌

在我心灵的深处有一支歌，不愿穿上辞藻的衣服；那是一支隐居在我的心头的歌，不愿随墨水往纸上流；它如一缕轻纱缠绕我的情感，不肯像唾液倾注舌尖。

我担心以太中的分子损坏它，怎能把它歌唱？它对居住在我的心房已习以为常，我怕它受不了耳朵的粗俗，我对谁吟唱？

假如你望着我的眼睛，会看到它的幻影；假如你触到我的指尖，会感到它的颤抖。

我的作品表现了它，就像湖面映出了星星的光亮；我的泪水将它透露，宛如朝阳下的露珠，泄露了玫瑰花的秘密。

这支歌，静谧让它展翅飞翔，喧嚣将它隐藏，睡梦在夜晚把它吟唱，白昼令它消失不见。

人们！它是一支爱情之歌。哪位以撒[①]唱过？哪位大卫又将它吟咏？

它比素馨花更加馥郁，谁的嗓子能将它污染？它比处女的童贞更加珍贵，什么弦乐敢糟蹋它？

谁能将海涛轰鸣与夜莺的啼啭合二为一？谁能将狂风呼啸同小儿咿哑协调一致？谁能吟唱神曲？

① 以撒原意为“幸福和欢笑”。《圣经》故事说他是亚伯拉罕和撒拉年迈时所生，生后阖家欢乐，故起此名。

浪之歌

我同海岸是一对情人，爱情使我们亲近，空气却让我们分离。我随着碧海来此，把银色的泡沫和金色的海滩合为一体；我用津液让它的心冷却。

清晨，我在情人的耳边起誓，他把我紧紧搂在怀中；傍晚，我吟诵爱情的思念，他将我亲吻。

我生性急躁、执拗，我的情人却坚忍、有耐心。

涨潮时，我拥抱他；退潮时，我扑倒在他脚下。

有多少次，美人鱼从海底钻出海面，坐在礁石上欣赏星空，我围着她们跳舞；有多少次，当有情人向俊女倾诉衷肠时，我陪他长吁短叹；有多少次，我同礁石对饮，它竟纹丝不动，我向它微笑，它毫无表情。我从海中托起过许多人，让他们死里逃生；我从海底偷出了许多珍珠，送给美丽的女人。

夜晚，万籁俱寂，万物沉睡。我彻夜不眠，时而歌唱，时而叹息。呜呼！彻夜不眠让我憔悴。但是，我是个有情人，而爱情的真谛是清醒。

雨之歌

我是根根银线，神把我从苍穹撒下人间，大自然便把我取来装点江山。

我是美丽的珍珠，从阿史特鲁特女神的王冠上落下，清晨之女把我偷去，镶嵌在田野里。

我哭泣，山河开颜；我落地，花草昂头。

云彩和原野是一对情人，我是他俩传情的信使：这位干渴，我送去甘露；那位患病，我去医治。

电闪雷鸣为我开道，彩虹宣布我的旅行终了。尘世生活也是如此：始于愤怒的物质的脚下，终于平静的死神掌中。

我自湖中心升起，凭着以太的翅膀遨游，一旦见到美丽的园林，便降下来，亲吻百花，拥抱青枝。

在寂静中，我用纤弱的手指叩击窗玻璃，那敲击声形成一种旋律，启迪敏感的心灵。

热空气使我降生，我即着手去消灭它；同样地，女人从男人那里汲取力量，反过来又去征服男人。

我是大海的叹息，天空的泪珠，田野的微笑。同样地，爱情是感情大海的叹息，思维天空的泪珠，心灵田野的微笑。

美之歌

我是爱情的向导，精神的美酒，心灵的佳肴。我是一朵玫瑰，迎着晨曦敞开，于是少女把我摘取，亲吻了我，把我戴在胸前。

我是幸福之家，是欢乐源泉，是舒适的开端。我是姑娘唇上的嫣然一笑，小伙子见到我，便忘掉了疲劳，他的生活成为美好的梦想舞台。

我给诗人以启示，我给画家指路，我是音乐家的教员。

我是儿童的眼中的一瞥，慈母见后便祈祷和赞美上帝。

我借亚当的身体，在亚当面前显形，把他变成了我的奴隶；我在所罗门面前，幻化成他的心上人，从而使他成了智者和诗人。

我向海伦[1]微笑，特洛伊化为废墟，我为克丽奥帕特拉[2]加冕，于是尼罗河谷生机盎然。

我是世代，建设现在，毁掉昨天。我是上帝，主宰存亡。

我比紫罗兰的芳香更为馥郁，比暴风雨更为粗犷。

人们啊！我是真理。我是真理，这是你们所知的最佳之点。

---

① 海伦是希腊神话中的美人，宙斯同勒达所生之女。

② 克丽奥帕特拉(前 69—前 30)，埃及托勒密王朝女王。

幸福之歌

他是我的爱人，我是他的爱人；我渴慕他，他迷恋我。但是，多么不幸。在爱情中还有一个第三者，让我痛苦，也折磨着他。那个被称为“物质”的飞扬跋扈的情敌，无论我们到哪里，它就跟到哪里；还要像毒蛇那样，将我们拆散。

我在荒野的树下、湖畔寻找爱人，却不见他的踪影。物质已经迷住他的心窍，带他进了城，去了灯红酒绿和胡作非为的地方。

我在知识学院和智慧宫殿寻觅他，却找不到，那庸俗的物质把他引进个人利欲的城堡醉生梦死。

我在知足的原野上寻觅他，却找不到，因为我的敌人把他囚禁在贪婪的洞穴。

当东方微笑时，我在拂晓中呼唤他，他却没听见，因为对往昔的眷恋使他眼帘沉重。入夜，万籁俱寂、百花沉睡，我同他嬉戏，他不理睬我，因为他的心绪被对未来的憧憬占领。

我的爱人恋我，在劳作中追求我，但只能在造物主的作品中才能找到我。他想在弱者的骷髅筑成的荣耀大楼里，在金银堆中同我交往；我只能在感情的岸边，由上帝建起的简陋草房中同他欢聚。他想当着暴君、刽子手的面亲吻我，我只能让他在纯洁的花丛中亲吻我的嘴唇。他千方百计想让我们一致，我要求让正直无私的美好的劳作当我们的媒人。

我的爱人从我的敌人——物质那里学会了吵嚷，我要教给他：从自己的心泉中流出抚慰的泪水，发出自力更生的气息。我的恋人属于我，我也属于他。

花之歌

我是大自然述说的话语，它说出来，又收回去，把它藏在心间，然后又说出来。

我是星，从蔚蓝的苍穹降至绿茵。

我是元素的女儿：冬天将我孕育，夏天让我成长，秋天让我入睡。

我是情人间的赠品，是婚礼的冠冕，是生者赠与死者的最后祭献。

清晨，我同和风合作宣布光明来临；傍晚，我同鸟儿一起为它送行。

我在原野上摇曳，让它变得更加旖旎；我呼吸空气，空气更加清新。我瞌睡时，夜空的许多颗眼睛窥视着我；我醒来时，白昼那唯一的巨眼凝视着我。

我啜饮甘露酿成的琼浆，听着小鸟的歌唱，在芳草的鼓掌声中翩翩起舞。我经常仰望上方，看见光明，看不见幻影。这是一种智慧，人类尚未领悟。

旅美派[1]诗人

赫里勒[2]把诗歌格律整理得井井有条，犹如把珍珠穿成条条项链。假如他想到这些格律会成为人们衡量才智的准绳，或者成为人们拴住思想贝壳的绳索，那他定会扯断项链，让珍珠撒落地上。

穆泰纳比[3]和伊本·法里德[4]曾写下许多诗。假如他们事先知道这些诗会成为一些枯竭思想的源泉，会成为束缚控制今天一些人的感情的缰绳，他们定会把墨水瓶扔向遗忘滩，随手折断所用的笔。

假如荷马[5]、维吉尔[6]、迈阿里[7]、弥尔顿[8]的灵魂有知，那似上帝心灵化成的诗篇，竟在权贵门前止步不前，那这些灵魂定会远离我们的地球，隐藏到其他星球后面。

我并非那么挑剔固执，但是，我不忍看到灵魂的语言从一些蠢才的嘴里说出来，不愿见到神仙的墨水从骗子的笔端流出来。并不是只有我一个这样看，很多人像我一样注视着这些要把自己吹成水牛的青蛙。

人们！诗歌是神圣灵魂的体现，是微笑，能唤醒心灵；是叹息，

---

① 旅美派是由旅居美洲的阿拉伯作家、主要是黎巴嫩和叙利亚作家所组成的现代阿拉伯文学流派，兴盛于二十世纪二十至三十年代。旅美派主张个性解放，冲破阿拉伯古典诗歌格律的束缚，代表人物为纪伯伦、艾敏·雷哈尼和米哈伊尔·努埃曼等。

② 赫里勒·伊本·艾哈迈德(？—786)，编有第一部阿拉伯语词典《辞源》。

③ 穆泰纳比(915—965)，阿拉伯阿拔斯王朝时期诗人。

④ 伊本·法里德(1181—1234)，阿拉伯阿拔斯王朝时期诗人。

⑤ 荷马(约前 9 世纪—前 8 世纪)，古希腊诗人。

⑥ 维吉尔(前 70—前 19)，古罗马诗人，著有史诗《埃涅阿斯纪》。

⑦ 迈阿里(973—1057)，阿拉伯阿拔斯王朝时期盲诗人。

⑧ 弥尔顿(1608—1674)，美国诗人，著有《失乐园》等。

催人泪下；是幻影，住在心田，从灵魂吸收营养，从感情取得饮料。如果诗歌不是这样，那就是遭人唾弃的假基督①。

啊，诗神！啊，埃拉托②！请宽恕那些靠近你的人的罪过，他们喋喋不休，却不以自己的心灵的荣耀和思想的向往崇拜你。

啊！诗人的灵魂，正从永恒世界的峰顶注视着我们。我们本无缘接近你们用自己思维的珍珠和心灵的瑰宝装饰的祭坛，只是我们这个时代常常兵戎相见，作坊嘈杂，我们的诗歌才诞生，像火车一样笨重、冗长，如汽笛一般刺耳、扰人。

真正的诗人们，请你们原谅我们。我们属于新的世界，我们始终追求着物质。在我们这里，诗歌已变成了物质，是用手来传递，而不是心灵的交流。

---

① 见《圣经·新约·约翰书》，指以假冒基督的方式反对基督者。

② 埃拉托是希腊神话中司抒情诗的文艺九女神(缪斯)之一。

在太阳下

我见日光之下所做的一切事，都是虚空，都是捕风捉影……

——传道书①

喂，在精神世界苍穹里遨游的所罗门②的灵魂！啊，你这个脱去了物质的外衣——我们仍然穿着它——的人！是你把这些出自软弱与绝望的话语留在世上，它又在躯体的俘虏群中滋长软弱与绝望。

你现在知道人生的意义，死神不能将其遮蔽；可是，只有等到灵魂摆脱肉体的桎梏，人们才能认识到这一点。

你现在知道人生并非捕风捉影，在太阳光下也并非虚幻，无论是过去还是将来，一切事物都在向真理前进；而我们这些可怜的人却把你的话牢记心中，作为我们行动的指南。我们认为这些话是至理名言。而你也知道，这些话是在丧失理智的情况下说出来的，让人沮丧。

你现在知道，愚蠢、邪恶和暴虐都有美丽的理由；而我们只有凭借智慧的表现、美德的结果和公正的成就才能看到美。

你知道忧愁和贫困会荡涤人的心灵，我们有限的智力却认为存在的自由的东西只是富足与欢愉。

你现在知道心灵征服了人生的障碍向光明前进，我们却念念不忘你所说的，人不过是受神秘力量操纵的玩具。

---

① 传道书是《圣经·旧约》中的一卷，犹太教、基督教传统认为其所罗门所作，共十二章。认为人生短促，万事皆为虚空，终身努力，徒劳无益；世上只有强权，没有公理；财帛虚幻，只有“智慧”具有真正价值……

② 所罗门是古代希伯来统一王国国王，在位时期（约前960—前930）国家强盛，以富有智慧著称。

你后悔向人们散布了这样一种精神：淡薄对今生今世的热爱，消除对来世生活的向往。我们却坚持记住你的这番话。

啊，安息在永恒世界的所罗门的灵魂！请你给热爱智慧的人们以启迪，不要悲观失望，也不要萎靡不振，也许这可以成为无意过失的赎金。

展望未来

从现在的墙后，我听到人类的赞歌，听到钟声震动了以太的分子，宣布在美神庙祈祷的开始。大钟是力量用感情的金属铸成，那力量又将其放到人的心田——感情的圣殿上。

从未来的后面，我见到人们跪倒在自然的胸膛上，朝向东方，期待着晨曦——真理的晨曦充满苍穹。

我见到城市已被淹没，只留下一些残垣断壁，破败不堪，告诉人们，在光明的面前，黑暗败退了。

我见到老人们坐在杨柳的树荫下，孩子们围坐在四周听老人们讲述往事。

我看到小伙子弹着吉他，吹着短笛，在素馨花和茉莉花下，围着长发披肩的姑娘们跳舞。

我看到男人们挥镰收割，妇女们忙着搬运，边干边唱，喜笑颜开。

我看到妇女头戴花冠，以绿树叶作为装饰。

我看到人同万物和谐相处，亲密无间，一群群飞鸟和蝴蝶悠然地飞到人的眼前，三五成群的羚羊放心地去水塘边饮水。我审视着，见不到贫穷，也没有奢侈，见到的是平等互助，情同手足。我见不到一个医生，因为到了明天，人人有知识和经验，会自我治疗。我见不到一个教士，因为良知已成为最大的教士。我见不到一位律师，因为在人们中间，大自然取代了法院，为他们登记友好契约。

我看到人类已经认识到自己是万物的基石，不再妄自菲薄，而是昂首挺立。他们除去混淆的面纱，变得目光清亮，能阅读乌云在天空写下的字迹，能辨明清风在水面上绘制的图画，能了解百花芬芳的真谛，能会意鸫鸟和夜莺鸣啭的情结。

从现在的墙后，在未来的舞台上，我看见美是新郎，心灵是新娘，而人生如同“卡德尔之夜”。

幻想女王

我来到台德木尔[①]遗址，跋涉耗尽了我的体力，我便倒在草地上。周围是巨大的石柱，岁月将它们拔起，又把它们放倒在地，仿佛一场大战之后，遗弃在战场上的尸体。我不由地凝视着这些庞然大物，它们或化为尘埃，或留下些残垣断壁，而一些草芥之物，却留世存活。

夜晚来临，互不相关的事物都披上了寂静的外衣。我感到周围的世界中，阵香袭来，如琼浆令人陶醉。我不由地吸着这些芳香，觉得有许多无形的手在刺激我的神智，我的眼帘沉重起来，心荡神移。随后，天晃地摇，我被一股神秘的力量抛起，接着落到一座花园里，人想象不到它是多么多姿多娇，百花争艳，万芳竞秀。一群以美为衣的少女走到我身旁，轻盈得脚尖都不沾草地；她们吟唱爱情的想象编出的歌曲，弹着金弦象牙琴身的吉他。我来到林中空地，见它中央有一张王座，镶嵌着珍珠美玉，发出熠熠光辉，似七色彩虹。少女们在王座边高唱赞美诗；她们向发出馥郁的方向望去，百花丛中出现了一位女王。她缓缓地向王座走去，她坐下时，一群洁白如雪的鸽子纷纷落在她面前，形成一弯新月。

少女们围着女王，齐声唱起颂歌，香气袅袅。我立定着，望着这人间没有的情景，听着人闻所未闻的仙音。

女王举起一只手，一切动作都戛然而止。女王说话时，我的心灵随之颤抖，像琴师的手轻拨琴弦；她的话具有非凡的魔力，这里的一切都被它吸引。女王说：

“人哪，我是幻想舞台的主宰，我把你叫到这里；我是理想森林

① 台德木尔又称巴尔米拉，在叙利亚。是古代季若比娅女王（公元 267—272 在位）的巴尔米拉王国所在地。

的女王，我让你站在我的眼前，听我的忠告，并且向人们传授：幻想之城是洞房，由巨人守护，谁穿结婚礼服谁才能入内。你对人们说，那里是一座乐园，由爱神来保卫，只有额头上有爱情烙印的人才能看到它。那里是想象的田园：河水似佳酿香气四溢，飞鸟像天使翱翔，百花芬芳，只有理想的儿子才能踏上它的土地。你告诉人们，我赠给他们盛满欢乐的酒杯，他们却因无知而把它倒掉；于是黑暗之神为他们斟上忧愁，他们开怀畅饮，直至酩酊大醉。你对人们说，只有用手抚摩琴弦和两眼盯着王座的人，才能在人生的吉他上奏出悦耳的旋律。以赛亚[1]是以我的爱为线，把智慧穿成了诗行；约翰[2]为我代言，叙述了他的梦境；但丁[3]若没有我的指点，就无法走遍灵界。我是隐喻，拥抱真理；我是实际，反映了心灵的孤寂；我是见证，阐明神的业绩。你对人们说：思维拥有高于客观世界的领地，欢乐的云彩也不能扰乱它的天际；想象的图画在神的天宇，反映在心灵之镜里，当灵魂摆脱尘世，希望便可变成现实。”

幻想女王具有魅力的目光，将我拽到她的身旁。她亲吻我发烫的嘴唇，说道：

“你对人们说，谁不在理想的舞台上度日，谁就是岁月的奴隶。”

此刻，少女们的歌声冲上云霄，烟云缭绕，遮住了我的视线。不久，地动天摇，我仍在那片令人悲哀的废墟间。晨曦已露，朝霞满天。我的嘴说着：“谁不在理想的舞台上度日，谁就是岁月的奴隶。”

---

① 以赛亚是《圣经》故事中的人物，据传是古代以色列的四大先知之一。

② 约翰是《圣经》中的人物，耶稣十二使徒之一。

③ 但丁(1265—1321)，意大利诗人，代表作为《神曲》。

喂，责备我的人

喂，责备我的人，让我自己呆着。我要求你以心中的爱、母亲般的温存发誓，别管我的事。

别管干什么，让我做自己的梦。请你忍耐到明天，明天你来可以随便处置我。

你忠告过我，这忠告发自内心。但是，这忠告是幻想，令人彷徨，不知所措，最终把人引向似泥土般僵化的生活。

我拥有一颗小心脏，我想把它从暗黑的胸膛中掏出来，托在掌上，审视它的深处，探询它的奥秘。喂，责备我的人，请你别用教条之箭伏击我的心。我的心因为恐惧，又藏进胸腔，免得隐衷之鲜血喷涌，无法克尽美与爱赋予它的职责。

那边，旭日东升，夜莺和百灵鸣啭，桃金娘和紫罗兰盛开，芬芳扑鼻。我想离开梦乡，跟随白羊走去。喂，责备我的人，不要斥责我，也别用森林之王和山谷毒蛇威胁我。因为我的心不懂忧愁，也不知提高警惕，防患于未然。

喂，责备我的人！别管我，请别对我说教。因为灾难擦亮了我的眼睛，使我变得聪明了，悲哀教会我心灵的语言。

请别提起那些清规戒律，因为我的良心是对我秉公裁判的法庭。如果我是无辜的，它会让我免受惩戒；‘我如果有罪，它会让我得到应有的报应。

看哪！爱的队伍出发了，美高举着旗帜走在前面，青春奏着欢乐颂行进。喂，责备我的人，请别阻拦我，让我也走吧。道路上铺着鲜花和香草，空气中芬芳袭人。

请不要对我讲什么利禄功名，因为我的心灵对这些早就腻烦了，而关心的是上帝的荣耀。

请别让我卷入政治和权势的纷争，因为整个地球都是我的祖国，所有的人都是我的同胞。

密　谈

我的美人儿，你现在何方？是在小花园里浇花吗？鲜花像婴儿喜欢母亲的乳房一样喜欢你。是在自己的闺房里吗？你为贞洁在那里建起了一座祭坛，我发誓要为它奉献自己的灵魂和余生。是在书堆里吗？尽管你有了神的智慧，仍希望通过书本汲取人的智慧。

我心灵的伴侣，你在哪里？是在庙宇里为我祈祷，还是在田野里，向令你赞叹、引起你梦想的大自然倾诉衷肠？还是在穷人的寒舍里，用你善良的心安慰破碎的心，给他们布施？

你无所不在，因为你属于上帝的灵魂；你无时不在，因为你胜过时光。

你还记得我们相聚的那些夜晚吗？你心灵的光辉似神圣的光轮映照在我们四周，爱的天使围着我们翩翩起舞，赞颂圣灵的功绩。你还记得我们坐在树荫下的日子吗？枝叶在我们头顶上，仿佛想把我们同人类隔开，如同肋骨将心中神圣的秘密遮挡。你还记得我们走过的小径和山坡吗？当时我们的手指相缠，像你的辫子那样编织在一起，我们如互相保护，将头紧紧相依。你还记得我同你告别的时刻吗？你拥抱了我，又似圣母马利亚吻了我；你的亲吻使我知道，两人的嘴唇相合，就会带来一些不可言传的天机。这亲吻，好似一首序曲，随后是两人的叹息，即上帝把泥变成人时吹的那口气。那叹息在我们的前面进入灵魂的世界，宣布两颗心的荣誉。那叹息将留在那里，直至我们同它会合，直至永远……后来，你一再吻我，边哭边说：

“身体有些令人不解的目的，往往为一些人间事务而分离；而灵魂则一直在爱情的掌握中，直至死神来临，才交付给上帝。去吧，亲爱的！生活选择了你，你就服从吧。生活是一个美女，给顺从者痛饮幸福的琼浆。而我，有相依为命的新郎，那就是对你的爱；还有长期的吉祥的婚礼，那就是对你的思念。”

我的伴侣，你现在何方？你是否直至这夜深人静时还未就寝？我让向你拂去的阵阵和风捎去我的心搏和胸臆。你是在注视着你心上人的画像吗？那画中人同真人已大不相同：他的前额过去因你在身边而舒展，现在忧郁的阴影印在了上面；那双眼睛过去由于映上了你的美貌而炯炯有神，现在却因悲恸而萎靡、失神；那嘴唇过去由于你的亲吻而湿润，如今思恋让它干裂。

亲爱的，你在哪里？你可听到远在海外的我的呼唤和哭叫？你看见我的软弱和卑贱了吗？你了解我的坚忍不拔吗？难道在空气里没有灵魂能传送垂死者的呻吟？难道在心灵之间没有无形的线，传送一个弥留之际的情人的悲叹？

你在哪里，在哪里，我的生命？黑暗窒息了我，我悲痛欲绝。请你在空气中微笑，我将振奋；请你在以太中呼吸，我将复生。

你在哪里，亲爱的？你在哪里？

啊！爱情多么伟大！我是多么渺小！

罪犯

一个乞讨的青年坐在路上。那本是个身强力壮的小伙子，现在饿得有气无力。他坐在街角，伸手向过路人乞讨，恳求好人救救他，反复述说他的痛苦。

夜幕降临，小伙子口干舌燥，但是手上像肚里一样空空。他站起身，走到城外，坐在树林里，失声痛哭起来。过了一会儿，他泪眼汪汪地望着天空，饥饿难耐地说：

“主啊！我去有钱人那里找工作，他们竟因为我衣衫褴褛而把我赶走；我去敲学校的大门，他们因我两手空空，不让我进去。我求人雇用，但求糊口，可是十分不幸，没人雇我。最后，我才做了乞丐。主啊！崇拜你的人见了我，却说：‘这家伙身强力壮，总不能施舍给懒鬼、二流子吧。’主啊！我母亲按你的旨意将我生下来，我如今因你而存在，为什么我以你的名义乞讨，他们不肯给我一块面包?”

此刻，这位绝望的人突然脸色一变，站起身，目光如炬，折断一根粗大的干树枝，用它指着城市，大声说道：

“我想靠劳动的汗水养活自己，但却做不到；今后我要靠武力赢得生活的权利。过去，我以爱的名义乞讨面包，人们置之不理；今后，我要以邪恶的名义去夺，还要得到更多……”

过了些日子，这个青年人为了抢项链，竟割掉好多人的头颅；一些人想阻止他的贪婪，竟然死于非命。他的钱财膨胀，他的性格愈发凶残。强盗们拥戴他，普通人却害怕他。不久，埃米尔任命他为这座城市的总督，代理自己掌管城市事务。

就这样，人们由于吝啬和残忍，生生地把一个穷人变成了刽子手，使一个性格平和的人变成了凶手。

伴 侣

第一眼

那是划分人生醉与醒的一瞬，是照亮心脏每个细胞的第一道光芒，是在心灵吉他的第一根弦上发出的第一声神奇的音符。那是短暂的一刻，在那一刻心灵重听往昔传闻，眼前重现夜晚的功绩；那一刻展示出人间的感情，泄露了来世的奥秘。那是阿史特鲁特[①]女神从上天抛下的一颗种子，眼睛把它种入心田，感情催它发芽，心灵使它结果。情人的第一眼仿佛飘摇在海面上的灵魂，天地由此诞生。生活伴侣的第一眼，好似上帝的话："如此这般……"

初 吻

它是从上帝斟满的爱的酒杯中啜饮的第一口；它是令人半信半疑，怀疑时忧心忡忡，信任时欢欣鼓舞。它是精神生活的诗篇的开端，理想人类故事的首章。它是连接奇特过去和璀璨未来的纽带，将感情的静谧同风暴结合在一起。它是四片嘴唇一起说出的言语，宣布心脏是宝座，爱情是女王，忠贞是王冠。它是温柔的抚摸，像和风吹拂玫瑰花蕊，带来甜蜜的呻吟和幸福的长叹；它是神奇的颤抖的开端，使情人脱离道学世界，进入启示和理想的世界。它把两种花合二为一，两种花香混合成为第三种……如果说第一眼酷似爱情女

---

① 阿史特鲁特是古代腓尼基人信奉的重要女神之一，据传她是专司繁殖、爱情的女神。

神撒向心田的种子，那么初吻就如同开放在生命之树上的第一根枝条上的初蕾。

婚　配

就在这里，爱情着手把生活的散文编成诗篇，把生命的内容写成经文，昼夜吟诵。就在这里，思念去除了往昔经年不解之谜上的各种帷帘，用各种欢乐构成了一如灵魂拥抱主人的幸福。婚配是两种神性的联合，使第三种神性降生在地。婚配是两位强者以爱情联合，并肩战斗，以合力抵抗虚伪的世界。婚配是混合黄色的琼浆和红色的佳酿后产生的橘红色液体。婚配是两个灵魂的和谐一致，是两颗心灵的联合。婚配是一条金链上的一环，金链的开头是一瞥，末尾没有尽头。婚配是从贞洁的天空撒向神圣自然的甘露，使幸福的田地中的力量迸发……如果说情人的第一眼像爱情撒向心田中的一粒种子，唇间的初吻如开放在生命之树上的第一朵鲜花，那么同她结婚就是那颗种子开出的第一朵鲜花结下的第一颗果实。

幸福之家

我的心感到厌倦，便同我告别，走向幸福之家。当它抵达灵魂崇敬的殿堂，茫然地站住。它没有见到想象中的东西：力量、金钱和权势，只见到美和爱这一对青年伙伴，以及同他俩做伴的女儿——智慧。

我的心对爱说：

“爱呀！满足在哪里？我听说她同你们分享这里的宁静，是这样吗?”

她回答；

“我们不需要满足，因此满足走了，隐没在野心勃勃的城市里。幸福并不追求满足，幸福是一种持续的渴求。满足是伴随着遗忘的一种安慰，永恒的心灵不会满足，因为它以完美为理想，而完美是无限的。”

我的心对美说：

“美呀！请指教，给我展示女人的秘密，因为你对此最知晓。”

于是，他说：

“人心呀！她就是你呀，你是什么样，她就什么样；她就是我，我在哪里，她就在哪里。假如她没被愚人们歪曲，她像宗教；假如她未被乌云遮蔽，她似圆月；假如她未曾污染上腐败的气息，她如清风。”

我的心靠近爱和美的女儿智慧，说道：

“请给我智慧，我把她带到人那里去。”

她回答说：

“要知道，她就是幸福：源于心灵最神圣之处，并非来自外界。”

往昔之城

人生领着我伫立在青春山上，示意我向后看。我便观察起来：眼前突然出现了一座城市，怪模怪样的，坐落在一座原野上。原野上香雾冉冉，五彩缤纷，阳光在云彩中折射出神奇的色彩。

我问道：

“人生呀！那是什么地方?”

它回答：

“那是往昔之城，仔细瞧瞧吧!”

我仔细地观察着，望着。我看见：

行动学院像睡梦羽翼下的巨人般坐着；言语寺院的周围游荡着一群灵魂，时而发出绝望的呼喊，时而歌颂着希望；宗教庙宇，信仰将其建起，怀疑把它毁坏；理论尖塔高耸入云，宛如伸手要饭的乞丐；嗜好的街道向四面八方铺开，犹如河水在山间流淌；秘密仓库由隐蔽看守，却遭到探询的盗贼偷窃；进取的城堡，由勇气建成，却毁于畏惧；理想的大厦，夜晚将其装饰，清晨将其摧毁；简陋的茅草房，软弱在里面居住；孤独的礼拜寺，里面伫立的是自我牺牲；知识的俱乐部，智慧使其灯火辉煌，愚昧让它黯然无光；爱情的酒馆里，情人酩酊大醉，空虚让他们感觉羞愧；行动的舞台上，生活演出幕幕戏剧，死神来临，悲剧告终。

这就是往昔之城，若隐若现，既远又近。

人生在我前面行走，说道：

“跟我来，我们停得太久了。”

我问道：

“上哪里去，人生?”

人生回答：

“去未来之城。”

我便说：

“请稍等，我走累了。 岩石磨破了我的脚，各种障碍使我筋疲力尽。”

人生说：

“前进！止步不前就是怯懦，朝往昔之城观望就是愚蠢。”

相　遇

夜晚，天幕上缀满宝石般的群星，尼罗河谷里飞出一位扇动着看不见的翅膀的仙女。她端坐在彩云宝座上，高高飘过地中海上空，发出月亮般的银光。一群精灵游过仙女前面，大喊道：

“神圣，神圣！埃及的女儿神圣，她的荣光充满大地。”

从杉树林环绕的笕口山[①]的峰顶，一个青年的影子被六翼天使冉冉托上云端。他坐在靠近那位仙女的宝座上。精灵们再次经过宝座，欢呼道：

“神圣，神圣！黎巴嫩的儿子神圣！他的荣光世代流传。”

当小伙子抓住情人的手，注视着她的双眸，风浪把他俩的情话传遍了所有的国家：

“伊齐斯[②]的女儿啊！你是多么完美、俊逸！我对你的爱是多么伟大！”

“阿史特鲁特的儿子啊！你是青年中最健美的人！我是多么想念你啊！”

“亲爱的！我对你的爱可与金字塔媲美，时光无法把它摧毁！”

“亲爱的！我的爱如同常青的杉树！”

“各民族的智者来自东方，来自西方，要求学习你的智慧，探询你的秘密，亲爱的！”

“各国的伟人都一睹你的芳容，领略你的魅力，如痴如醉，亲爱的！”

“你的双手满是宝藏，能充盈千仓万箱，亲爱的！”

---

① 笕口山为黎巴嫩著名山峰，杉树为黎巴嫩的象征。

② 伊齐斯是古埃及最著名、最受人爱戴的女神。

“你的双臂是甘泉之源，你的气息如春风送爽，亲爱的！”

“尼罗河畔的宫殿和神庙传颂你的荣光，狮身人面像述说你的伟大，亲爱的！”

“你胸前的杉树是贵族的标记，你周围的城堡说明你勇敢善战，亲爱的！”

“啊！你的爱多么令人欢愉，你的希望又多么远大，亲爱的！”

“啊！你是多么大度的情人，你的心多么忠诚！你的礼品多么美丽，你的馈赠多么珍贵！你给我派来许多青年人，他们沉睡后已清醒。你为我送来了‘骑士’，使我的人民战胜软弱。你赠给我‘文学家’[①]，使我的人民奋起；你还送给我‘英才’，使我的人民清醒……”

“我给你送去颗颗种籽，你让它们成为盛开的百花；我赠与你棵棵小苗，你使它们长成葱茏树木。你是一块处女地，让玫瑰、百合花生机盎然，使青杉、翠柏高耸入云……”

“我在你的眼睛里看到了忧郁，难道在我身边你还发愁吗，亲爱的？”

“我的子弟们远渡重洋，撇下我哭泣和思量。”

“但愿我像你一样悲伤，而不像现在这样担惊受怕，亲爱的。”

“尼罗河的女儿，你是各民族之慈母，难道还害怕吗？”

“我害怕一个豪强正以甜言蜜语靠拢我，想凭武力将我控制。”

“亲爱的，国家生活一如个人生活，既有希望，又有恐惧；既有愿望，又有沮丧。”

这对情人互相拥抱，从亲吻的杯盏中共饮琼浆。精灵的合唱队又唱起：

“神圣呀，神圣！爱的荣光充满了天空和大地。”

① 指法里斯·希德亚格(1805—1887)，黎巴嫩语言学家，主张社会改革，抨击奥斯曼帝国的封建统治。

胸 臆

夜色笼罩下的一座宏伟的大厦屹立着，仿佛生命被裹在死亡的帷幕里。一位青年妇女坐在象牙桌旁，手托着俊俏的头，就像发蔫了的百合花耷拉在叶子上。她好似沮丧的囚徒向四周张望，想穿透禁锢自己的墙壁，看看自由人的日常生活。

如黑夜里的幻影离去一般，几个小时过去了。那青年妇女泪眼汪汪，孤独地坐着，愁眉不展。她的心情实在激动，无法平抑，终于下决心敞开心扉，展示闭锁在内心的秘密。她拿过笔，在纸上疾书。墨水同泪水汇成许多言语，倾吐个人的胸臆。她这样写道：

“亲爱的姐姐！

“若心脏因秘密而胀痛，眼帘被热泪烫肿，肋骨几乎被内心的隐秘挤碎，那么这个人除了开口诉苦，别无他法。我的朋友！一个悲哀的人以痛诉衷肠为快，一个热恋的人向人述说心旷神怡，一个受欺负的人则以赢得同情为乐趣……我现在给你写信，是因为我变了，变得像一个诗人，看到一些事物的美，受到感染，仿佛受到神力的驱使；我变了，变得像一个穷人的孩子，饥肠辘辘，竟顾不上可怜自己受苦受难的母亲。

“姐姐！请你听我痛心的故事，你会为我哭泣。因为哭泣如同祈祷，同情之泪宛如行善，由于它来自一颗富有感情和生机的心灵深处，所以不无裨益……我的父亲，如同每一个有钱和有地位的父亲，将我嫁给一个权贵，不仅嫌贫爱富，还要锦上添花。

“就这样，我本人，连同我的感情和理想成为我鄙视的黄金祭台和我痛恨的传统门第的牺牲品；我是挣扎在物质利爪下颤抖的猎物，而物质一旦不驯顺地为精神服务，就比死神更加残忍，比地狱更加难熬。我尊敬我的丈夫，因为他品德高尚，心地善良，为我的幸福而殚精竭虑，为取悦于我，一掷千金。但是，我觉得所有这一切都抵不上神圣的真正的爱情的一分钟，那伟大而永存的爱情，藐视一切的爱情……

“我的伙伴！请别笑话我。我现在比任何人更清楚女人的心需要什么。这颗勃勃搏动的心，这颗翱翔在爱情苍天的心。这颗心似斟满世代的琼浆，供灵魂畅饮；这是刊印的书籍，写有幸福与苦难，欢乐与悲伤。只有真正的伴侣才能读懂，那伴侣是女人的一半——为她而生，为她而存在，直至永远……是的，我现在比任何女人更了解心的意向和追求，因为我丈夫拥有的良驹车队、富贵金钱都不如穷人家的小伙子瞥我的一眼。那穷人的孩子是为了我，我也是为了他才来到这个世界的。由于我父亲的专横，我们被生生地拆散。那受屈的人拗不过我父亲的意志，他无缘无故被囚禁在生存的黑暗之中……我的朋友！你不必安慰我，因为患难中，我得到深埋在心的慰藉，那便是我深知爱情的威力，理解个人思念的尊严。现在，我透过泪珠，看到死神正日趋逼近，要引导我去往我等候的伴侣之所在。我将在那里与他相会，圣洁而永远地同他拥抱。请不要责备我，我服从人间律法，坚忍安分，尽了一个忠实妻子应尽的义务。我凭着理智敬重丈夫，但我不能向他奉献出我的一切，这是因为我在认识现在这位丈夫之前，上帝就把我的一切赠给了我的情人。不知为什么，上天让我同一个我并非为他而生的人耗尽我的生命。我只得平静地消磨岁月。但是，永恒世界如果打开大门，我将同那另外美好的一半合二为一，并且回首往事。那往事就是今天，是春天回眸冬季；我审视自己这一生，回顾攀上顶峰所走过的坎坷路途。”

写到这里，这位青年妇女停下笔，掩面而泣，悲痛欲绝。她的心灵似乎不愿将最圣洁的秘密付之笔端，而情愿交给很快干燥、与温馨的空气融为一体的泪水。空气中有情人的气息，鲜花的芬芳。过了片刻，她又抓起笔，写道：

“我的朋友！你还记得那个小伙子吗？你是否还记得他那炯炯的目光和额角上刻下的悲伤？你是否还记得他的笑容一如丧子之母的眼

泪？你是否还记得他的声音宛如空谷回声那般深沉？你是否还记得他平静而沉默地端详着一些东西，然后谈些奇怪的看法，然后垂头叹息，似乎害怕泄露内心的隐秘？你还记得他的理想和信念吗？你还记得这个小伙子的这一切吗？人们称他为一个人物，而我的父亲却鄙视他，因为他比那些鼠窃狗偷之辈、或者出身名门的人都高尚。是的，我的姐姐！你知道我是这个世界上小人物中的烈女，是愚昧的牺牲品。你会怜悯我在阴森恐怖的寂静夜晚不眠，向你敞开心扉，坦露隐秘。你会怜悯妹妹的，因为爱情访问过你的心。”

清晨来临，那位青年妇女站起身，昏昏欲睡，也许在梦中见到的要比清醒时美好……

盲目的力量

春天来临，大自然里的条条小溪流水淙淙，使人心旷神怡；百花争艳，竞相开放，令人幸福美满。可是突然，大自然勃然生怒，摧毁了美丽的城市，顿时让人类忘记了它的甜言蜜语和温柔的微笑。一种可怕而盲目的力量仅用一个小时就把几代人的努力夷为平地。暴虐的死神的利爪掐住人们的脖颈，残忍地将其撕碎；大火吞噬了生命财产；黑夜将生活的美好都埋进了灰烬；暴风雨平地而起，杀死了弱小的人们，摧毁了他们的家园，将他们辛勤积累的一切席卷而去。猛烈的地震，由地球孕育，阵痛之后，降生的却是残垣断壁和苦难不幸。

这一切都发生了，悲哀的心灵从远处注视着，沉思着，痛苦着。它思量着，面对非理性的力量，人类的能力是有限的；它痛苦着，同那些逃离火灾和毁灭的人一样痛苦。它思索着，有多少潜伏在地下和空间的敌人，对人类虎视眈眈；它痛苦着，同啼哭的母亲和饥饿的孩子一样痛苦。它考虑着，物质如此凶残，如此蔑视可爱的生命；它痛苦着，同昨日尚在安居乐业，今天却热泪盈眶凭吊美丽城市的人一样痛苦。它思考着，希望怎么变成了绝望，欢乐怎么变成了痛苦；它痛苦着，同在绝望、悲哀和痛苦的魔爪下挣扎的心一样痛苦。

心灵就这样沉思和痛苦着。有时，它怀疑维系各种力量的法则的公正，有时它在寂静中低语："在万物的后面，有一种永恒的道理在支配，它产生自灾难和祸患，我们仅看到了灾难和祸患，而看不到它的好处。我们在地球上看到的火、地震和暴风，犹如人内心的愤怒、怨恨和邪恶，爆发，呼号，然后平息。上帝正是通过这些给人以美好的知识，而人则需付出血泪和财产来获取。"

这个民族的灾难使人们耳中满是呻吟和哭喊，回忆则使我们止步

不前。我们的眼前出现了昔日舞台上的一幕幕教训和灾难。我见到各个时期人类在地球上建起的高塔、宫殿、寺院，地球又将它们收进自己的心脏。我看到强者盖起雄伟的大楼，雕刻家在石头上雕出不同的形象，画家装饰着墙壁。不久，我即看见大地张开大口，粗野地吞下艺术之手和匠心创造的一切，残酷地抹掉那些图像，凶恶地埋葬了楼台亭阁和雕梁画栋。这大地仿佛是位淑女，根本不要人工制造的装饰，而只需要沙为金、石为玉点缀的绿色原野之装……

但是，在这些恐怖的灾患中，我发现人类的神力像个巨人屹立着，嘲笑大地的愚蠢，讥讽大自然的怒气；它像巨大的光柱，在巴比伦、尼尼威①、台德木尔的遗址和孟买、旧金山之间射入云霄，唱着永恒赞歌："任大地取走一切，而无限却属于我。"

① 尼尼威是古代亚述王国首都，遗址在今伊拉克摩苏尔附近。

两种死

夜阑人静时，死神从上帝那里降临到沉睡的城市里，停在一座尖塔上。它炯炯的目光穿透各家的墙壁，看见被理想之翅带着飞翔和任睡魔摆布的躯体。

当月亮隐没在天边，城市被幻想的轻纱笼罩时，死神以缓慢的步履在各家行走，最后来到一家富豪的门前。死神走进去，没有任何阻拦。它走到富豪的床边，摸着他的额头。富豪被惊醒了，见到死神的影子，又急又惊地大喊起来：

“离我远点，你这个恶魔！走吧，你这个鬼影！你是怎么进来的，小偷！你想干什么，强盗！滚！我是这家的主人。滚开，否则我就叫警卫和仆人，把你撕成一片一片的！”

此时，死神离得更近了，如雷鸣般地吼道：

“我是死神！你要小心点，别那么放肆！”

这位有钱有势的人答道：

“你现在要我做什么？有什么要求？我还未完成我的事业，你为什么要来？你对像我这样的强者有什么要求？你还是去找那些病夫弱者吧！离我远一点，别让我看见你那尖爪和像无数条毒蛇般的乱发。走吧，我不想看到你的两个大翅膀和腐朽的躯体。”

经过更为令人不安的沉寂之后，富人接着说道：

“不！不！仁慈的死神！你别介意我刚才对你说的那些话。我是被吓糊涂了，胡说八道起来了。你可以从我这里拿走一斗金子，或者一群奴隶的灵魂，放了我……死神啊！我还想活下去，还有账没算完，还有钱没讨回来。我的一些货船正在风浪间行驶，尚未抵岸。地里刚撒下种子，还未生长。这些你尽可都拿去，放了我。我有许多女仆，个个有沉鱼落雁之貌，你想要谁，就把谁带走好了。

请听我说，死神！我有个独生子，是我的掌上明珠，希望之所在，你带他走，放了我吧！你要什么就拿什么！把一切都拿走，就放了我吧！”

此刻，死神捂住了这个尘世奴仆的嘴，抓住他的真魂，抛向风中。

死神在贫民区中走着，来到一间草房前，走了进去。它靠近躺着正值韶华的小伙子的床，端详着他平静的脸庞，触摸了他的眼皮。那小伙子醒了，见死神站在床边，便起身双膝跪下，双臂向死神伸去，以全部的爱和思念说道：

“美丽的死神啊，我就在这里。请接受我这颗心，我理想的真实，我朝思暮想的所在！拥抱我，我心爱的！你是仁慈的，别把我留在这里！你是神的使者，公正无私，不要扔下我。我多么需要你，但找不见你；我叫过你多少次，你听不到。现在，你听见我的请求了，别再让我失望，拥抱我的心灵，亲爱的死神！”

于是，死神把手指轻柔地放在那小伙子的嘴唇上，取了他的真魂，放在自己的翅膀下。

死神在空中盘旋，注视这个世界，迎风说道：

“只有来自永恒世界的人，才能返回那里。”

在世代舞台上

有人在美的魅力和爱的理想中过了一分钟，远比在可怜的弱者献给野心勃勃的强者的光荣中度过一生高尚和贵重得多。

在这一分钟里，人的神性迸发；而那一生，人却沉默不醒，被梦魇蒙住了眼睛。在这一分钟里，心灵从人类各种清规戒律的桎梏里解放了；而那一生，心灵却给扔在被遗忘的角落，被暴虐的镣铐禁锢着。在这一分钟，是孕育所罗门诗篇[1]、山中训诫[2]和法里德的特韵长诗[3]的摇篮；而那一生是一种盲目的暴力，它摧毁了阿克的神庙，将台德木尔的宫殿夷为平地，使巴比伦塔坠入尘埃。

有的心灵用一天的时间为穷人权利的死亡而悲叹，为正义的丧失而唏嘘；而有的人却一辈子花天酒地，以填满个人的私欲。那一天胜过这样的一辈子。在那一天，心受冶炼而纯净，充满了光明；在那一辈子，浑浑噩噩，最终以黄土为归宿。那一天，是悟道之日，是耶稣殉难之地，是迁徙之日[4]。而那一辈子，则是被尼禄[5]在暴虐

① 指基督教《旧约外传》的一种，属宗教诗集，约写于公元前50年，为托为所罗门王所作。

② 疑指《古兰经》。据传当年穆罕默德曾在麦加附近的希拉山洞隐修，受真主启示，遂有《古兰经》的内容。

③ 指诗人伊本·法里德的《修行吟》，长七百六十行，描写精神恋爱。

④ 指穆罕默德662年9月被迫由麦加迁徙至麦地那，后将此年定为伊斯兰教纪元。

⑤ 尼禄(37—68)，古罗马暴君，以暴虐、放荡著称。

市场上挥霍，被可拉①在贪欲的祭坛上献牲，被唐璜②在肉欲的坟墓中埋葬。

这就是生活，在世代舞台上，黑夜演出了悲剧，白昼吟咏了人生之歌，最终，永恒像一颗珍珠将人生保存……

---

① 可拉又译葛伦，《圣经》和《古兰经》中的人物。据传，原为摩西族人，因反对摩西传布一神教，狂暴地迫害族人，遇地陷而亡。

② 唐璜是英国诗人拜伦的长诗《唐璜》中的主人公，是一个玩世不恭、数经情场艳遇的贵族公子。

我的朋友

我的穷朋友，倘若你知道，命中注定的贫困启迪了你，让你知道什么是公正，让你懂得什么是人生，你将乐天知命。我说知道公正，因为富人只忙于了解自己的仓库；我说懂得人生，因为豪强只追求功名。这样，你为公正而欢欣吧，因为你是它的喉舌；你为人生高兴吧，因为你是它的书本；你欢天喜地吧，因为你是你支持者们美德的来源，是你成全了他们的美德。

我亲爱而忧伤的朋友！倘若你知道，使你遭殃的力量，能将心灵照亮，把遭人轻蔑的灵魂提高到受人敬仰，你就会心甘情愿地承担这种灾难；你就会明白，人生似链，环环相扣，而悲哀正是连接今天和未来的金环，前者不得不屈服于现状，后者向往着幸福，恰如黎明分隔了睡眠和觉醒。

我的朋友！贫穷显示了心灵的尊贵，富裕暴露了灵魂的肮脏，悲哀同情善良，享乐令人头脑发昏。因为人运用金钱和享乐，贪得无厌。一如以经书的名义犯罪，经书无法为其开脱；用人道主义的旗号干下流勾当，同人道主义无相同之处。

如果贫困和悲哀消失，心灵变成了一张白纸，上面只有标明自私和贪婪的数码，那是声色犬马的同义词。因为我发现，神性即人的精神实质，无法以金钱出售，纨袴子弟的欢乐不能助其生长。我观察着，富人只顾聚敛财富，而将神性抛弃，花花公子们离开神性去寻欢作乐。

穷人啊！你从田间归家后同妻小度过的时间，正是人类大家庭未来的象征，是后代幸福的雏形！而富人在仓库中消磨的生命，酷似坟墓中蛆虫的一生，是恐惧的象征！

忧伤的人！你流出的泪水比虚伪人的笑甜美。那些泪水洗涤心灵，冲刷掉仇恨的污垢，并教育流泪者，要同伤心者心心相印。那是基督的泪水。

穷人啊！你种下的力量，被富豪强占，但会回到你身边。因为凭大自然的裁决，事物要返本还原。悲哀的人！凭苍天的意愿，你所尝受的痛苦和悲哀会变成甜蜜和欢乐。

后代人将从贫穷中学习平等，从悲愁中学到爱情。

爱情传说

在孤零零的房屋里，一位正值青春年华的小伙子坐在那里，一会儿从窗户观赏缀满星星的天空，一会儿凝视着手中姑娘的画像。 画像上的线条和色彩都反映在小伙子的脸庞上，显示了这个世界的秘密和永恒世界的天机。 一个女人容貌的影像同小伙子低语，使他的眼睛变得如耳朵一般，听得懂在这间屋子里游荡的灵魂的语言；使他的身体变为许多颗心，爱情燃烧着它们，思念充盈着它们。

就这样过了一个小时，这一小时如追求爱情的美梦中的一分钟，或者似永恒人生中的一年。 随后，小伙子把画像放在面前，拿来笔和纸，写道：

“我心爱的人！

“超自然的真实，不是通过人类彼此理解的语言从一个人传向另一个人，而是选择心灵之间的默契为途径。 我觉得，今夜的寂静无声将把书信在我们两颗心中传递。 这书信如此轻柔，胜过微风划过水面。 这静寂宛如把两颗心的情书向两颗心朗读。 但是，正像上帝所想那样，心灵被囚禁在身体内部，爱情把我变成了言语的俘虏……

“亲爱的！人们说，爱情把人变成熊熊烈火。 我发现，离别的时刻无法分离你我的精神世界。 同样，我知道在第一次见面时，我的心灵就已认识你许多代了，而向你瞥去的第一眼，实际上并不是第一眼……我亲爱的！我们这两颗遭贬谪的心重聚的时刻，使我相信，心灵是永恒的，长存的。 在这样的时刻里，造化才从脸上揭去了假面具，露出那有限的常令人生疑的正义……

“亲爱的！你还记得那座花园吗？我们曾站在那里，像两个情人似的对视。 你知道你的眼神当时对我说，你对我的爱并非出自对我的怜悯吗？那眼神使我对自己，也对世人说，来自平等的馈赠比发自善良的施舍更伟大，逢场作戏的爱像沼泽里的水。

“亲爱的！我所要的生活是美好而壮丽的，能让后代长记心中，并得到他们的爱戴和尊敬。这生活在我同你相遇时已经开始，我相信它将是不朽的。因为我坚信你能展现上帝赋予我的神力，并以语言和巨大的功绩去体现，就像太阳催开百花，让馨香满园。就这样，我的爱将为我和后代长存下去，这爱以它的纯净和毫不自私的气息，脱离了卑贱的趣味，永远属于你。”

小伙子站起身，在房间里踱来踱去，然后向窗外望去，看见月亮自天边升起，将温柔的光亮洒满了屋子。他回到原来的地方，继续写道：

“亲爱的，请原谅我！刚才我用的是第二人称，而实际上，你是我失去的那美丽的一半，我们同时被上帝之手创造。原谅我吧，亲爱的！”

哑巴牲畜

哑巴牲畜的眼神能传出哲人领会的语言。

——印度一诗人

一天傍晚，我沉浸在想象之中。我来到城市郊外，站在一间被废弃的房子前。那里只剩下残垣断壁，一切迹象均说明这处房屋被遗弃多年，萧索悲凉。我见到一条狗趴在灰堆里，它体弱多病，皮包骨头，浑身长癞。它注视着夕阳西下，眼神中闪现出屈辱的阴影，目光中表示着绝望的神情。它仿佛知道，太阳已经回收了它的热气，离开了这块远离迫害弱小动物的无情者的被遗弃的地方。它以依依之情，同太阳告别。我慢慢地靠近它，但愿自己能懂得它的语言，对它的遭难表示同情，对它的痛苦给予安慰。当我走到它跟前时，它却怕起我来，聚集起行将衰竭的余力，求助于瘫软无力的四肢。但它站不起来，只得向我投来一瞥，它包括了痛苦的乞怜和求得同情的恳切，其中有哀怨，有责备。这目光代替了语言，它比人类的舌头更雄辩，比女人的眼泪更堪怜。当我的视线同它悲哀的目光相遇时，我感慨万分，百感交集。那目光和眼神体现为人类交往的千言万语，那目光在说：

“我受够了这些，我受够了人们的压迫，受够了病痛的折磨。你走吧！别管我！让我安静地待在这里，汲取太阳的热量，享受生命的最后几分钟。我受到人类的虐待和残暴才逃到这里的。我躲在这灰堆里，它比人心温柔；我藏在这废墟中，它比人心温暖。你从我这里走开吧，你就住在那缺仁少义和没有公正的土地上……我是个卑贱的牲口，我曾为人效过力。我在他的家里，忠心耿耿，恪尽职守；机警地伴他行猎，伴他出外旅行。他发愁，我悲伤；他高兴，我

欢乐。他外出，我思念；他归来，我欢迎。我以残羹剩饭为满足，为啃他扔过来的骨头而欢欣。

“但是，当我衰老、疾病缠身后，他却把我赶出家门，任大街小巷的顽童戏耍我，对我满身污秽、病入膏肓不管不顾。人呀！我是软弱的畜生，却发现同你许多身体虚弱、缺吃少穿、境况凄惨的兄弟们有诸多相似之处。我像那些士兵，青年时为保卫祖国而战，壮年时种地打粮，直至生命的冬天来临，他们没有什么用处后，就遭疏远和被忘却了。我似女人，妙龄少女时，打扮得如花似玉，让小伙子心荡神移，与人为妻时，养儿育女，日夜操劳，为了男人们的前程辛勤劳累。一旦老了，动弹不了，便被人遗忘，甚至遭人厌弃……啊，人呀！你多么蛮横，多么残酷！”

这条牲畜的眼神在述说，我的心理解了。我的心灵怜悯它，我还想到我的同类。当那条狗闭上眼睛时，我不想打扰它，便走开了……

和　平

暴风平息下来了。此前，它刮断树枝，卷走庄稼。星星出现了，像是闪电残留在夜空。田野复归平静，仿佛不曾发生过暴风骤雨。

此刻，一个少妇走进来，趴在床上痛哭失声。她的哀怨和叹息，化为这些话语：

“主啊，让他回到我身边吧！我的眼泪已经流尽，心灵变得枯萎。让他回来吧，圣灵！你英明的裁决高于人的禁令。我无法忍受，心中充满了悲哀。求你使他摆脱战争锋利的魔爪，把他从残暴的死神手中拯救。请怜悯他，他是个羸弱的青年，豪强势力抓走了他，迫使他离开我。爱神，请你制服你的夙敌战神，拯救我的爱人，他本是你的孩子。死神！离他远些，让他来见我，否则你把我带到他身边。”

此刻，一个年轻人走进屋子，他头上裹着绷带，殷红的血迹渗出，那是战神的手笔。他靠近少妇，用笑与泪问候她。随后，他抓住她的手，把它放在自己滚烫的嘴唇上。他说话时，语音中流露出炽烈的爱情，也洋溢着相会的欢欣。他说：

“别慌，你为之哭泣的人已经来了。高兴吧！和平把战争抢走的人又送回给你。被野心家夺走的人道主义，我把它带回来了。亲爱的，擦干眼泪，欢笑吧！因为世界上既然存在着暴君的苛政，就必然会有人领导我们去消除苦难。你别为我活着归来惊讶，爱情的印记一旦被死神发现，它就会悄然离去；敌人认出爱情的标记，就必然躲避。这是我呀！你不要认为我是幻影，从亡灵之乡回到家里欣赏你的芳容，享受这里的宁静！别害怕！我是真理，来自刀丛火海，告诉人们：爱情胜过战神；我是话语，和平之人说出来，为你幸福的故事作序。”

此时，青年闭上嘴，眼泪代替了语言。欢乐天使环绕那间简陋屋子翩翩起舞，两颗心重温在离别里失去的一切。

清晨，两人站在田野中央，注视着多娇的自然景色。在宁静的外表里，是说不完的情话。士兵向着东方望去，对爱人说道：

“你看，太阳从黑暗中升起。”

诗　人

这是连接这个世界同未来的一环；是干渴的灵魂孜孜以求的甘泉；是栽在河岸饥饿的心灵朝思暮想的结有硕果的大树；是夜莺，在语言的枝叶间啼鸣，令人心旷神怡；是云霞，在天边显露，渐渐庞大，冉冉上升，充满天空、降下甘霖，滋润人生的田野中的百花；是灿烂之光，黑暗战胜不了，物质无法遮掩，是爱神阿史特鲁特为它添油，是音乐之神阿波罗把它点燃。

他孑然一身，以淳朴为衣，以温柔为食，坐在大自然的怀里，学习创造；在夜深人静时，他熬夜，期待着灵感的降临；他是一个农夫，将心灵的种子撒入情感的苗圃，待五谷丰登，供人类收成和享用。

他就是诗人，在世时，人们对他不闻不问，当他告别这个尘世，返回故乡天界时，人们才了解了他。这就是他，只要求人们给他一个微笑；这就是他，他的气息似云蒸霞蔚，让天空充满栩栩如生的美丽的幻影，而人们吝啬得不给他一块面包和一处栖身之地。

人啊，要到何时，世界啊，要到何时，你才用荣誉筑起宫殿，供那些以自己的心血浇灌大地的人居住；要到何时，你们才不再冷眼怠慢那些牺牲自己最美好的一切，把安宁与温馨奉献给你们的人？世界啊，那些杀人凶手、奴役民众的暴君被奉为上宾；而那些让光明洒入黑暗，让人观赏绚丽的白昼的人，却被丢在一边。正是他们为了让你享受幸福、甘甜，自己历经磨难，尝尽辛酸。这要继续到何时？

诗人们！生活之魂们！岁月尽管充满艰辛，道路布满荆棘，你们却青春长驻；虚伪奸诈的荆棘没能刺伤你们，你们赢得了桂冠，占据了人们的心，直至永远！啊，诗人们！

我的生日

1908 年 12 月 6 日写于巴黎

就是在这样的一天，母亲生下了我。

二十五年前的这一天，寂静把我降生在这充满喧闹、纷争和厮杀的人间。

如今，我绕着太阳已转了二十五圈，不知道月亮围着我转了多少圈。但是，我仍然不明白光明的真谛，也不懂得黑暗的奥秘。

我同地球、月亮、太阳和星星围绕着至高无上的主宰转了二十五圈。但是，我这颗心现在还只能低声念诵那位主宰的英名——犹如大海冲击而成的岩洞里传出的海涛的回声，而全然不知大海的实质。随着大海潮起潮落，岩洞大唱赞歌，但它不知大海究竟有多宽。

二十五年来，时光之手在世界这本奇异的大书上写下了一句话。我就是那句费解的话，它有时象征着一无所有，有时代表着许多许多。

每年的这一天，沉思、遐想和对往事的追念，全都涌上了我的心间。它们把逝去的白昼行列和夜晚的幻影都展现在我眼前，随后又将它们驱散，好似风卷残云一般。那些回忆逐渐消逝在我屋子的各个角落里，宛如淙淙溪水流逝在空寂深远的峡谷里。

每年的这一天，我心灵描绘出的各种魂灵从天涯海角向我拥来，包围了我，唱起往事的悲歌。随后，它们慢慢地向后退，最终消失在黑暗中。它们仿佛是一群群飞鸟，落在一座废弃的打谷场上，找不到可食的粮食，便扑扇着翅膀，向别处飞去。

这一天，往日我的生活情景又展现在面前。它像一面小镜子，我照了很久。在镜子里，我只看见像死人一样惨白的岁月的脸庞，似老人皱成一团的面孔般的希望、理想和夙愿。我随后闭了一会儿眼，再照照那镜子，却只剩下自己的脸。接着，我仔细端详这张脸，上面只有忧郁；我盘问那忧郁，发现那是不会说话的哑巴；如果忧郁也会开口，那它比欢乐更加甜蜜。

在过去的二十五年中，我爱过许多。我爱的往往为别人所恨，我憎恨的常常受别人赞赏。孩提时我所爱的，现在仍然在爱，而现在所爱的，我至死不渝。爱是我能得到的一切，谁也不能让我放弃。

我曾多次爱过死神。我以动听的名字召唤它，或公开或私下歌颂和称赞它。我不曾忘记过它，也不曾背弃过它。我已变得也热爱生命。生与死之于我，都同样的美，都具有魅力，都引起我的渴慕和思念，同样使我爱恋和动情。

我爱过自由。越是看到人们受奴役、遭蹂躏，我就越爱自由；越是明白人们服从的是些唬人的偶像，我就越爱自由。那些偶像在黑暗的年代里雕成，由延续的愚昧将其树立，而奴隶的嘴唇把它们吻出了光彩。不过，我像热爱自由那样热爱这些奴隶，怜悯他们。因为他们是盲人，看不见自己在亲吻虎狼的血盆大口，也不知道自己在吮吸毒蛇的毒汁，更不知道正在为自己挖掘坟墓。我爱自由曾胜过一切，因为我觉得自由好像是一位孤苦伶仃的少女，无依无靠；她心力交瘁，骨瘦如柴，甚至变得像一个透明的幻影，经过千家万户，又滞留在街头巷尾，召唤过往行人，而他们却置之不理。

在这二十五年中，我像所有的人那样爱过幸福。每天醒后，我同人们一道寻找幸福，但在他们走过的路上，我从未见到它。在人们宫殿四周的沙漠上，我没见过幸福的足迹；在寺院的窗户外，我也没听到过它的声音。当我独自寻找幸福时，心灵对我耳语道：

“幸福是一位少女，生活在心灵的深处，那里深不可及。”

当我剖开自己的心，追寻幸福时，仅看到她的镜子、她的床、她的衣裙，但没见到她自身。

我爱过人们，曾非常热爱他们。在我的心目中，他们分成三

类：一类人诅咒人生，一类人祝福人生，还有一类人思考人生。我爱第一类人，因为他们悲惨；我爱第二类人，因为他们厚道；我爱第三类人，因为他们有头脑。

就这样，二十五年过去了。就这样，我的日日夜夜就连续不断而又匆匆离去，如同秋风扫落叶，我的日日夜夜如落英缤纷。

今天，我像一个经过长途跋涉后感觉累了、停在半路上休息的人驻足回忆。我环顾四周，见不到我走过的人生之路上的一点痕迹，因而我无法对着太阳说："这是属于我的。"在我的岁月里，我的收获只是几片纸，上面染有斑斑点点的墨迹，还有一些杂乱而新奇的图画。就在这些墨迹中，我埋下了自己的感情、思想和理想，像农夫往地里撒下种子一样。不过，农民早上到地里播种，晚上怀着希望回家，期待着收获；而我却无望地播下心灵的种子，也不等待。

现在，我进入了人生的这个时期——透过悲哀与叹息的雾霭，我看到了过去；在往昔面纱的背后，未来展现在我眼前；从我的玻璃窗，我注视着世界。我见到人们的脸庞，听到他们升上云霄的声响，听到他们在家里走动的脚步声，感觉到他们灵魂的触摸、他们的激情和心脏的搏动。我注视着，于是看到儿童们在嬉戏，奔跑追逐，彼此往脸上扬着沙土，发出欢笑；我看到青年人雄赳赳地走着，仿佛高声朗诵闪耀着霞光的青春之歌；我看到姑娘们如迎风飘荡的柳枝般婀娜多姿，像鲜花一般微笑，以眉目向小伙子传送爱慕之意；我见到老人缓步慢行，手拄拐杖，两眼盯着地面，像是在泥土中寻觅丢失的珠宝。

我站在窗前，细细察看这一切景象和静静移动的身影、跳跃在街头巷尾的幻觉。随后，我又审视起城外，发现野地具有庄严的美。那里万籁俱寂，却又有千言万语。那里山高谷深，枝繁叶茂，绿草茵茵；在那里，鲜花馥郁，溪水淙淙，林鸟鸣啭。我又转向荒野之外，见到了大海包含的奇珍异宝，在那里还有许多奥秘；我看到大海波涛汹涌，有时狂怒、大浪滔天，有时平静、云蒸霞蔚，有时银光闪烁、斑驳陆离。

我凝视着大海之外，见到了浩渺无际的天空，那里气象万千，群星闪耀，太阳、月亮、行星和恒星，它们互相吸引，彼此排斥，既和平共处，又争斗不休。有的是造化所生，有的是转化而成。它们靠着一种无穷的力量彼此联系，共同遵守一条包罗万象的法则，而且是无始无终的法则。

我谛视着这一切，不禁遐想联翩。于是，我忘掉了那二十五年，也不想此前和此后的世世代代。我觉得自身及周围或明或暗的一切，不过是永恒空间中一个颤抖的孩子的一声叹息。永恒空间无边无涯，高不可及，深不见底。但是，我感觉到这颗原子，这颗心灵，这个被我称为“我”的自己。我感觉到它的行动，听到了它的喊声。现在，它正振翅飞往天空，它的手向四面八方挥动。在表明他存在的日子里，他浑身发抖，东摇西晃，用发自圣洁的心灵深处的声音，大声说：

“你好啊，人生！你好啊，清醒！你好啊，睡梦！你好啊，白昼！你用自身的光明驱散了地球的黑暗。你好啊，黑夜！你用自身的黑暗衬托出天空的明亮。你们好，四季！你好啊，春天！你使大地回归青春。你好啊，夏天！你在传颂太阳的光荣。你好啊，秋天！你奉献辛勤的果实和劳动的收获。你好啊，冬天！你以自己的愤怒重现自然的坚毅。你们好啊，世代！你们修复了历代所破坏的一切！你们好啊，岁月！你们重现了时光掩盖的一切！你好啊，使我们日趋完美的光阴！你好啊，掌握人生之缰、被阳光的面纱遮盖真相的灵魂！我向你问候，心啊！因为你浸泡在泪水里，你不会嘲讽这一问候。我向你问候，嘴唇啊！你问好时正品尝着苦涩。”

孩童耶稣和童稚之爱

亲爱的，昨天我还是这个世界上的孤独者。孤独像死神一样残酷无情。我孤身一人，像一朵生长在巨石下的鲜花。生活并未感觉到我的存在，我也没感觉到生活的本质。我的心灵今天清醒了，看见你站在我的近旁。我先是诚惶诚恐，继而欣喜万分，随后拜倒在你面前，正如牧人见到荆棘丛燃烧时做的那样。

亲爱的，昨天的风吹拂在脸上是那么粗暴，阳光显得如此孱弱，云层遮天盖地，大海波涛轰然作响。我左顾右盼，只见到孤零零的我，还有像一大群饥饿的乌鸦在我周围翻飞的黑影。今天，风已变得轻柔，光明普照大地，风平浪静，云消雾散。无论我怎么看，总是见到你，还发现你周围的生命的奥秘，它似在湖中沐浴的小鸟，在平静的水面上激起层层涟漪。

昨天，我是夜晚思绪中无声的话语，如今变成白昼口中吟唱的欢乐之曲。这一切在一分钟内完成，而这一分钟则由一瞥、一言、一叹和一吻构成。亲爱的，那一分钟将我心灵以往的打算和未来的愿望聚在一起，像是从黑暗的地下钻出来的白玫瑰，迎着白昼的光明。那一分钟之于我全部的生命，宛如世世代代中耶稣的诞生一样重要。因为它充满了灵感、纯洁、爱情，因为它把我内心深处的阴暗变为光明，以欢乐和幸福代替忧郁和苦难。

亲爱的，爱情的光辉如千变万化的汹涌波涛从天而降，但是它的作用和影响在这世界上只有一个：照亮人心的微弱光线同由苍穹普照人间的万丈光芒并无二致。因为个人心灵中的各种成分、爱好和感情，同人类社会大家庭的成分、爱好和感情完全一样。

亲爱的，当年犹太人曾期盼一个伟人的到来，他自世代之初便允诺让他们摆脱其他民族的奴役。希腊人伟大的心灵认为，对丘比特与密涅耳瓦[1]的崇拜已经衰微，灵魂不再满足于神灵的种种说教。罗马人高贵的思维思考着，发现阿波罗的神性离人的情感越来越远，而维纳斯[2]的永恒之美也已步入老年。当时所有的民族无意中感觉到精神上的饥饿，需要一种超物质的学说。他们还感觉到一种深沉的意愿，即向往精神自由。这种自由教育人要同亲友一起为阳光和生命之美而欢欣。那就是美好的自由，它授权给人接近那种看不见的力量，要毫无畏惧地、坚信是为了自身的幸福才去亲近那种力量的。

亲爱的！那一切都发生在两千年前。当时，人的感情还围绕着物体盘桓，害怕靠近永恒的无所不在的灵魂；当时，山林之神潘[3]令牧人心惊胆战，太阳神伯阿勒[4]假祭司之手紧攥着可怜的穷人。

而在一夜之间，一小时之间，不，一瞬之间，这一瞬间不包括在各代之中，因为它比各代更强大，圣灵张嘴说出了“生命的语言”。这语言先是在圣灵那里，继而同星光月辉一起降临人间，变成了女人怀抱里的婴儿。那是在一个贫贱的地方，牧人保护牲畜不受夜间猛兽的伤害……那婴儿裹着贫苦母亲的破衣烂衫，在牲口槽里睡得十分香甜[5]，犹如坐在宝座上的天使，而那宝座由饱经奴役的心、渴求精神的灵魂和追寻智慧的思维垒成。

那个孩子以自己的谦恭夺下了丘比特的权杖，将其交给逐水草而居的可怜的牧人；他以自己的温存从密涅耳瓦那里得到智慧，放到坐在湖边船中穷渔夫的舌头上；他用自己的悲哀换取阿波罗的欢乐，将这欢乐送给挨门乞讨的可怜人；他把来自维纳斯的美德，注入因堕落而担心受压迫的女人的灵魂里；他使伯阿勒从威严宝座上逊位，由在田野里边流汗边播种的贫苦农民取而代之。

亲爱的！我过去的感情还不是与当年以色列的部落人如出一辙？

---

① 密涅耳瓦是罗马神话中的智慧女神，即希腊神话中的雅典娜。

② 维纳斯是罗马神话中爱和美的女神，即希腊神话中的阿佛洛狄忒。

③ 潘又称牧羊神，是希腊神话中司畜牧、山林之神，人身羊足，头上有角。

④ 伯阿勒又称巴力，为腓尼基人崇拜的太阳神，亦称丰产神。

⑤ 此处指耶稣降生的故事，见《圣经·新约》中的《路加福音》第二章。

夜深人静时，我不是盼望出现一位救世主使我摆脱岁月的奴役和烦恼吗？我不是曾像当年的民族那样，深感精神上的饥饿吗？我走在人生之路上时，不是同一个在无人区迷路的孩子一样吗？那时，我的心灵像一粒丢弃在岩石上的籽种，鸟儿没有将它吞食，也不存在它发芽生长的各种因素。亲爱的，这一切都过去了。那时，我的理想还在黑暗中摸索，不敢靠近光明；那时，绝望和烦恼还在我胸中不时地翻腾。

在一夜之间，不，在一小时之间，不，只一瞬之间，而这一瞬间不包括在我一生的岁月内，而且比我这整个一生还要美。在这一瞬间，圣灵从最高的光明之界降临人间，透过你的眼睛向我看，通过你的舌头同我交谈，爱情从目光和话语中倾流出来，淌进我的心田。这伟大的爱情所在的牲口槽就在我胸间，裹着这美好的爱情的襁褓是我的感情。爱情——这个偎在心灵上的婴儿，把我心灵深处的悲哀、沮丧和孤独感，变成了欢乐、光荣和幸福。爱情——这个坐在精神宝座上的崇高的天使，以它的声音使我死去的岁月重生；它的抚摩让我哭瞎了的眼睛重见光明；它的手从绝望的海洋中捞出了我的希望。

亲爱的！过去的岁月是夜间，后来变成了早晨，将要变成灿烂的白天。因为孩童耶稣的气息已渗透在空间的每分钟，以太的每秒之中。我过去的生活充满了悲伤，现在变成了欢乐和欣喜。因为那初生儿童的双臂拥抱着我的心，紧搂着我的灵魂。

灵魂的心声

“醒醒，亲爱的！醒醒！因为我的灵魂正从浩瀚大海的彼岸呼唤你；我的心灵正在咆哮的海涛上空振翅飞向你的身边。醒醒！因为现在万籁俱寂：既听不到奔马嘶鸣，也听不到行人的脚步声，睡神把人的灵魂紧搂在怀中。只剩下我一人清醒，因为每逢我感到困倦，心中便涌起思念；每当我陷入沉思，爱情便把我带到你的面前。亲爱的！我已经下床，因为我害怕隐藏在被褥里忘却的幻象。我已把书本丢在一边，因为我的叹息已抹去了纸上的行行字迹，只剩下了张张白纸。醒醒！醒醒吧，亲爱的！请听我说……”

“啊！我在这里，亲爱的！我已经听到了你发自大洋彼岸的呼唤，感到了你的翅膀在扇动，我醒后离开闺房，走在草地上，夜露打湿了我的双足，也湿润了我的衣裳。噢，亲爱的！我现在正站在桃花盛开的树下，倾听你心灵的呼唤。”

“说呀，亲爱的！让你的气息从黎巴嫩的谷地顺着清风传给我。你说吧，只有我一人在听。因为黑暗已把万物都赶进了巢穴，困倦使这城里所有的人都酣然入睡，只我一人独醒。”

“在这里，苍天用月亮的光辉织成了帐幔，披在黎巴嫩身上，亲爱的！”

“在这里，苍天用黑夜织成了一件厚厚的罩衣，里面絮上了死神的气息和工厂的烟雾，罩在城市上空，亲爱的！”

“在这里，在桃树和柳树掩映的草房里，乡下人睡意正浓，他们颗颗心灵竞相进入理想的舞台，亲爱的！”

“在这里，金钱的重负压弯了人们的脊梁；他们跋涉在贪婪的小径上，累得两腿发软，困得睁不开眼睛。于是，他们倒在床上。但

是，恐惧和沮丧的阴影仍然折磨着他们的心，亲爱的!”

“在这里，山谷中走过的是先人的幻影，高原上盘桓的是帝王和先知们的英灵。我的思绪转向往事的舞台，我于是见到了迦勒底人①的丰功伟绩，看到了亚述人②的赫赫声威，还看到了阿拉伯人的尊贵。”

“在这里，盗贼的幽灵在大街小巷行走，贪婪的毒蛇从各家各户的窗子里探头，到处可以嗅到病魔的气息，其间还夹杂着死神的喘息。记忆揭去了遗忘的帷幔，让我又见到所多玛的不义和蛾摩拉的恶行③。”

“亲爱的！这里的树枝随风摇曳，婀娜多姿，树叶窸窸窣窣，溪水淙淙。我仿佛听到所罗门的颂诗、大卫④的琴声和穆绥里⑤的歌唱。”

“在这里，贫民窟的孩子们的心灵在发颤，饥饿使他们烦躁不安；母亲们卧病在床，发出绝望的悲叹；失业者常常因噩梦而惊惧不已。于是，我听到痛苦的哭喊和长吁短叹，催人泪下。”

“这里的水仙和百合花馥郁芬芳，素馨花和接骨木香气扑鼻，这些同云杉的香气融会在一起。清风阵阵，传遍崇山峻岭和曲幽小径，令人如痴如醉，真想乘风而去。”

“这里龌龊的陋巷是病菌的温床，那里发出的臭气像许多支无形的箭镞，令人恶心，污染空气。”

---

① 迦勒底人指南美索不达米亚的闪族人，公元前七世纪末形成新巴比伦国家。

② 亚述人指公元前十二世纪至公元前七世纪统治美索不达米亚的闪族人。

③ 据《圣经》故事传说，所多玛与蛾摩拉原为死海岸边的两座古城，因居住其间的人多行不义，罪孽深重，而被上帝降下的硫磺与火所灭。

④ 大卫是《圣经》故事人物。传说为古希伯来统一王国的第一任国王，所罗门的父亲；相传《圣经·诗篇》中许多诗歌是他写的。

⑤ 穆绥里(1211—1296)，阿拉伯诗人。

"啊！亲爱的！早晨已经来临，苏醒的手指在摩挲沉睡者的眼帘。朝霞从夜晚后面出现，揭开夜幕，染红天际，把勃勃生机和朝气带给大地。山谷两侧安静的村庄已然醒来，教堂的钟声悦耳地响彻天空，宣告晨祷的时间已到。那钟声在山谷中激起回声，仿佛整个大自然都在祈祷。牛出栏，羊离圈，兴高采烈地走向草原，它们吃着挂着露珠的嫩草。吹着短笛的牧童走在牛羊前面，牛羊后面有一群雀跃的小鸟，迎接早晨的来到。"

"亲爱的！早晨已经来临，白昼沉重的巨掌伸展在彼此相挨的房屋上。窗帘被卷起，门户敞开，显露出愁眉苦脸的人们。贫苦的人走向工厂，个个半死不活，人人沮丧和恐惧，好像他们是被迫奔赴战场。"

"在这里，大街小巷喧嚣吵闹，车轮滚滚，汽笛声声，利欲熏心的人行色匆匆。整座城市变成了战场，这里弱肉强食，蛮横的富人强霸了可怜的穷人的劳动果实。"

"啊，亲爱的！这里的生活多么美好！它像诗人的心，充满了光明和温暖。"

"啊，亲爱的！这里的生活多么残酷！它像罪犯的心，充满了罪恶和恐怖。"

喂，风！

你经过时，有时歌唱欢笑，有时悲叹哭号。我们听见你，却看不见你；我们感觉到你，却看不到你。你宛如爱情的海洋，淹没了我们的灵魂，却没有淹死它；你抚弄着我们的心，而心是平静的。

你随山势上升，依山谷下降，就着平原伸展。上升时，你富有决心；降落时，你显得谦恭；伸展时，你表现灵敏。你像仁义的国王，对弱者下人平易近人，对强者权贵威风凛凛。

秋季，你在山谷失声痛哭，连树木也随你啜泣；冬季，你怒气冲天，大自然也随你气愤不平；春季，你孱弱多病，田野却因之苏醒；夏季，你戴上静谧的面具，我们以为你中了太阳箭身亡，它又用酷热裹住你的尸身。

但是，在秋天，你究竟是失声痛哭，还是有意剥掉树木的衣服，嘲笑它们的羞怯？在冬天，你究竟是怒气冲天，还是围着夜雪覆盖的坟墓跳舞？在春天，你究竟是病魔缠身，还是像一个多情少女，想用悲哀的叹息唤醒沉睡的恋人——四季中的青年？在夏天，你究竟是死人，还是在果树丛中、葡萄藤里和打谷场上的昏睡者？

你从城里的小巷里染上了疾病，从高原上带来了百花的灵气。而那宽广的心胸，平静地承受着生活的痛苦，同样平静地对待生活的欢乐。

你对玫瑰花咬耳朵，悄声说了些奇异的奥秘，花儿听懂了，一会儿颤抖，一会儿微笑。上帝也这样对待人的灵魂。

你在这里拖沓，在那里匆忙，在另外一个地方奔跑。但是，你永不停顿。这好似人的思维，静止则亡，运动方生。

你在湖面上写下首首诗歌，然后又尽数抹去。那些犹豫不决的诗人正是这样做的。

你从南方来时，像爱情一样炽热；你从北方来时，如死亡那样冷酷；你来自东方，温柔得像灵魂的抚摸；你来自西方，则凶狂得如复仇者。你是岁月一般反复无常？还是你只是出访四海的使者，把他们讲的传达给我们？

你经过沙漠时怒气冲天，残酷地蹂躏商队，随后将它们埋葬在沙土下面。这是你吗？似无形的气流，随同晨曦从枝叶间徐徐而起，又如梦幻般转向原野、谷地，在那里，鲜花因爱你而战栗，草儿嗅到你的气息，如痴如醉。

你在大海上乱发脾气，惹得大海无名火起，波涛汹涌，张开巨口，吞噬了船只和生命。这还是你吗？你那样顽皮可爱，抚弄着跑前跑后的女孩的辫子。

你要把我们的灵魂连同我们的喟叹和气息带往哪里？你把我们的欢声笑语又要带向哪里？你如何对待我们心中溅起的火星？是把它带往世外、霞霓之外？还是想把它当成猎物，拽往可怕的深谷、洞穴，任意弃置，使之从此销声匿迹？

夜深人静时，心灵对你坦露自己的秘密；拂晓时，眼睛让你带走眼睑的颤栗。你是否还记得心灵的感觉、眼睛的所见？

在你的羽翼下，携着穷人的呼喊、孤儿的哀怜、寡妇的悲叹；在你的衣褶中，放有旅人的思念，弃儿的哀怨，妓女的哭喊。这些小人物托付的一切，你是否妥善保管？抑或像这大地一样，我们交付给它的，都变成了它自身的一部分？

你是否听到这种呼唤，这种吵嚷，这种哭泣？抑或你似豪强，人们向他们乞讨，他们不屑一顾，佯装听不见他们的呼喊？

风啊，你听见了吗？你这听者的生命！

情人回归

夜晚刚刚降临，敌人就被击溃了。胜利者擎着光荣的旗帜，高唱凯歌，骑着发出得得蹄声的马匹，仿佛钉锤击打在石头上，回来了。

他们俯视战场，皓月挂在笕口山上，山峦高耸，同众人的心一样，显得斗志昂扬。云杉林伸展在那片原野上，宛如先人给黎巴嫩的胸前挂上了一枚光荣的勋章。

人们继续前进，月光照在刀剑上发出反光，山谷中回荡着他们的欢呼声。这支队伍来到山路的路口，一匹如石雕的马立在灰褐色的岩石间。它仰天长嘶，吸引战士靠上去仔细观看，只见血泊染红的地上躺着一具尸体。一些骑士下马，围着死者辨认了一番。过了一会儿，一个骑士回头望着首领，低声说道：

“他冰冷的手指用力抓着剑把，我们掰开它不好。”

另一个骑士说：

“血把手掌同剑柄凝结在一起，都分不开了。”

又一个骑士说：

“那剑上凝着一层血迹，看不出剑刃了。”

首领下了马，走近死者，说道：

“把他的头抬起来！让我们借着月光看看他的脸。”

骑士们照着做了。透过死亡的面纱，死者显得坚毅、刚强和勇敢。这是一张强壮的骑士的面孔，虽然不说话，但男子汉味十足。这是一张乐观但又遗憾的脸：它见到敌人横眉冷对，面对死亡笑脸相迎。这是黎巴嫩一位英雄的脸，他参加了那天的战斗，看到了胜利的曙光，却未能同战友们共唱凯歌活下来。

当他们解开他的头巾，拂去蜡黄的脸上的尘土，首领大吃一惊，痛心地喊道：

“这是伊本·苏阿比呀！真糟糕！”

大家纷纷重复着这个名字，心中不由地发出阵阵哀叹，随即都默不作声了。好像被胜利美酒沉醉了的心灵突然清醒了，他们感到胜利的光荣和自豪远远抵不上失去这位英雄的悲痛。大家像是都变成了大理石雕像，可怕的情景把他们定住了，说不出话。这就是死亡在英雄心灵中所引起的全部反应。失声痛哭，是女人的事；又哭又叫，属于儿童。紧握刀剑的战士的庄重威严，胜过千言万语。沉默紧攥着坚强的心灵，就像鹰爪紧抓猎物的脖颈；那沉默显得崇高，不屑于流泪；这种崇高使灾难更显得严重。那沉默使伟大的心灵自峰顶坠入深海之底，宣布风暴即将来临；风暴即使未起，那沉默也能震撼人心。

他们脱去战死的青年的衣服，察看死神是从哪儿下的手。他的胸口呈现多处刀伤，如一张张愤怒的嘴，在夜晚的寂静中述说男子汉的凌云壮志。首领靠近青年的遗体，仔细察看。唯有他发现青年的手腕上缠着一条手帕，上面有金线绣成的图案。他偷偷地端详着，认出了这块丝手帕的制作者和绣花者。他把手帕藏进怀里，用颤抖的手遮住阴郁的面孔，略略向后退了一步。那只手曾坚定地砍掉许多敌人的头颅，现在却变得软弱无力，颤抖地拭去泪水。这只手摸到的手帕，是热恋中的姑娘把它系在心爱的青年的手腕上。青年携带着手帕，英勇战斗，却不幸身亡，不久的将来由战友们抬着，回到姑娘的身旁。

首领的心很不平静，一会儿想着死神不公，一会想到秘密的爱情。一个站在他身边的骑士说：

“来！我们在那棵冬槲树下挖一个墓，把他埋葬。树根会吮吸他的血，枝叶以他的身体为营养，定会长得又高又壮，永远存在，象征着英雄的勇敢和顽强。”

另一个人说：

“让我们把他抬到云杉林中，把墓建在教堂旁边，让十字架永远

陪伴着他的遗骸。”

又一个人说：

“就把他埋在这里，这里的土地渗有他的鲜血。让他的右手仍握着他的剑，把矛放在他的身边。在他的墓前宰他的坐骑，让这些武器给他的孤独以安慰吧。”

还有一个人说：

“不要埋掉沾有敌人鲜血的剑，不要宰杀那匹战马，不要把习惯征战的武器丢在荒山里，还是把它们交给他的亲人，因为那是最好的遗产。”

有人说：

“过来，让我们围着他跪下向基督祈祷，恕他无罪，祝福我们胜利。”

有人说：

“让我们用矛枪和盾牌做灵床，抬着他，高唱凯歌，绕这山走一圈。让烈士看看敌人的尸体，让微笑漾在他的伤口上。”

又有人说：

“来！我们用敌人的头骨撑着他，让他骑在马鞍上，手里握着武器，胜利返乡。要知道，他让死神负担了大量的敌人的灵魂后，才向它投降的。”

还有人说：

“来！我们还是把他葬在这里，让空谷回音与他做伴，淙淙溪水给他安慰。在这荒野中，他的骸骨会舒适，夜晚的脚步声总是很轻盈的。”

有人说：

“你们不要把他放在这里，这山野荒寂，太凄凉了。我们还是把他送到村里的墓地，在那里，我们先人的魂灵可以与他为伴；他的战友也可以在夜静时同他交谈，讲述战事和业绩。”

此时，首领走到众人中间，做了个手势，让大家安静。接着，他长叹一声，说道：

“别再用回忆战争吵扰他了，也不要让他正在我们头顶上盘旋的灵魂听到干戈声。 我们还是安静缓慢地把他带回故乡。 那里有一位姑娘正对他日思夜想，期待着他从战场胜利归来。 我们把他带回给那位姑娘，让她再看他一眼，再亲他一回。”

他们低着头，肃穆地抬起了烈士的遗体，默默地走着，内心悲哀。 失意的战马拖着缰绳，跟在人们身后。 它不时长嘶，山谷响起回声。 山谷似乎也有感觉，同这性灵一样郁闷、悲伤。

山谷中，月亮发出惨白的光辉，胜利的行列跟在送葬的行列后面，而这之前是拖着折断了翅膀的爱情的幻影。

人之歌

你们原是死的，而他以生命赋予你们，然后使你们死亡，然后使你们复活，然后你们又被召归于他。

——《古兰经》

我自古以来就已存在，还将存在下去，直至世代之末，不会终结。

我曾遨游在无边无际的苍穹，翱翔在幻想世界，接近过最高的光明之界，如今却成为物质的囚徒。

我聆听过孔夫子的教诲，学习过梵天[①]的哲理，坐在菩提树下伴随过佛祖释迦牟尼，可我还在同愚昧和无信仰作斗争。

在西奈山，我见过耶和华面谕摩西；在约旦河，我见过基督的奇迹；在麦地那，我听过阿拉伯先知的教义。可是，我现在仍然犹豫。

我见过巴比伦的强盛、埃及的光荣、希腊的尊贵，但在所有这些业绩中，我都看到软弱、卑贱和渺小。

我曾和阿因·杜尔的巫师、亚述的祭司和巴勒斯坦的先知们坐而论道，但直到现在我仍在寻求真理。

我记住了降生在印度的哲理、格言，背诵了阿拉伯半岛居民心中的诗篇，也懂得那些表现西方人情感的音乐，可我依旧是看不见的盲人，听不见的聋人。

我受过野心勃勃的侵略者的蹂躏，也遭到过暴君、豪强的奴役和

---

① 梵天又称“大梵天”，音译为“婆罗诃摩”，婆罗门教、印度教的创造之神，被称为“世祖”。

欺凌。我仍有力量同岁月斗争。

这一切是我童年时的见闻；我将看到和听到青春的业绩；我还将老矣，臻于完美，最后回归上帝。

我自古以来就已存在，还将存在下去，直至世代之末，不会终结。

诗人的声音

1

力量被种在我内心深处，我收获，捆扎穗杆，献给饥饿者食用。灵魂赋予小葡萄藤以生命，我榨葡萄汁，供干渴者饮用。苍天为这盏灯添油，我点上它，放在我家的窗口，为夜间过往行人照明。我做这些事，因为我以此为生。如果岁月禁止我这样做，捆起我的双手，我要求去死。如果一位先知在本民族中遭摈弃，一个诗人被同胞视为异己，那么最好去死。

人们像暴风雨般咆哮，我平静地喘息。因为我发现暴风雨的蛮劲会消失，会被时光之海吞噬，而喘息将与上帝一起永存。

人们追求冰冷的物质，我则寻求爱的火焰，将它搂在胸口。它吞噬我的肋骨，熔融我的五脏六腑。因为我知道，物欲会使人无痛苦死亡，而爱情却以痛苦让人复活。

人分成不同的民族，不同的派别，分属不同的国家，不同的地方。而我认为自己不属于某个国家，也不属于任何一地。因为整个地球都是我的祖国，整个人类都是我的兄弟。在我看来人类是弱小的，再分割自己岂不荒唐？地球本已窄小，再将其分裂成大小国家，岂不愚蠢？

人们共同摧毁灵魂之殿，又一道建设肉体学院。只有我痛心地懂得，我听见内心的希望之声在说：

“正如爱情以痛苦让人复活，愚昧也会教人认识知识之路。痛苦和愚昧会带来巨大的魅力，使认知完全。因为永恒的智慧在阳光照耀下创造的并非是虚无。”

2

我怀念壮丽的祖国，我热爱受苦受难的祖国人民。但是，如果我的同胞受所谓的爱国主义的驱使，侵略邻国，谋财害命，让儿童成为孤儿，让女人变成寡妇，使血流成河、尸骨成堆，那我就憎恨我的祖国和同胞。

我赞美我诞生的故乡，思念我成长的家园。如果有人经过那里要求借宿和吃饭，竟然遭到拒绝，甚至被驱赶，那么，我的赞美会变成哀叹，思念会转变为忘却。我对自己说：

“一个舍不得一口面包给人充饥，舍不得一张床铺供人住宿的家，还不如变成一片废墟。”

我爱故乡，爱祖国，更爱整个地球。因为是地球将人类孕育，人性就是地球上的神性。那站在废墟边的人性，身上只披着几片破布。他两腮凹瘪，热泪涟涟，痛哭和抽泣着向人们呼救，人们则置之不理，只顾干自己的事。坐在那里的人性向人们呼救，人们听而不闻。假如有人听见他的呼喊，走近他为他擦泪，慰问他的遭难，大家就会说：

“随他去，眼泪只能打动心肠软的人。”

人性就是地球上的神性。神性在各国巡行，宣扬博爱，指出人生之途。而人们却把他的教诲视为笑柄。过去，基督听从了这神性，于是人们将他钉死在十字架上；苏格拉底听从了这神性，人们让他服毒自杀。如今，那些宣称拥护基督和苏格拉底的人也听到了神性的呼唤，并在大庭广众间宣传。人们无法杀掉这么多人，但嘲讽和挖苦他们。他们说，嘲讽和挖苦比杀人更狠毒。

耶路撒冷没能杀死基督，基督将永生；雅典无法杀害苏格拉底，苏格拉底将永生。嘲讽和挖苦也无法伤害听从并追随人性召唤的人，他们将永远活下来，永远。

3

你是我的兄弟。我们俩都是全能的圣灵之子。你同我一样，是同一块泥巴做成的肉体的囚徒。你是我人生的伴侣，帮助我认识那乌云后面真理的秘密。你是人，我爱你，兄弟。

对我有什么看法，你就说吧。未来会对你做出裁决，在法律和判决面前，你的话是确凿的证词。

你可以从我这里取走你要的一切。我不过是一个贪婪的抢夺者，其中一部分应属于你，假如你愿意取走，就取走好了。

你可以随意处置我，但你伤害不了我的真理。你可以放我的血，焚烧我的肉体，但不会使我灵魂痛苦，也不会杀死它。你可以给我铐上脚镣，可以把我投进黑暗的牢房，却无法禁锢我的思想，因为它是自由的，像在无边无垠的空间中吹拂的清风。

你是我的兄弟，我爱你。

你在清真寺礼拜时，我爱你；你在神庙顶礼时，我爱你；你在教堂祈祷时，我爱你。我们是一个宗教——灵魂的儿子。这一宗教的各派领袖是指向心灵完美的神性的相

我爱你，因为我爱你来自平常头脑的真理。那真理，因失明现在我看不见，但我确信它是神圣的，因为它是心灵的产品。那真理将与我的真理于来世相遇，像百花的芬芳交融在一起，合成一个完整的真理，与爱和美永垂不朽。

我爱你，因为我看到你面对残暴的豪强显得软弱，在贪婪的财主富翁面前显得贫穷。我因此为你哭泣。透过泪珠，我见正义把你搂在胸前，并对你微笑，横眉冷对欺压你的人……你是我的兄弟，我爱你！

4

你是我的兄弟，我爱你。那么，你为什么与我为敌？

你为什么来到我的国家？为什么让我屈从借你的力量求得荣光的头领们？你为什么要抛弃你的妻小，到遥远的异国，为将领们卖命？那些将领想以你的鲜血买得高官，用你母亲的忧伤换取他们的功名！难道兄弟之间厮杀，就算高尚？假如真是那样，我们就要为该隐[1]立像，为亚那[2]唱起赞歌。

有些人说：

“兄弟，保护自己天经地义。”

我却以为野心家的特点在于，他能让你甘心牺牲自己，帮助他达到奴役你兄弟的目的。

有些人说：

“热爱生存，就必须侵略别人。”

我却说：

“维护其他人的权利，才是人最高尚、最美好的行为。”

我还说：

“如果我的生存决定别人必须死，那么我认为自己去死是最可取的。如果被别人杀死，死得不光彩和不清不白，还不如我把自己献给永恒的世界。”

我的兄弟，自私自利会产生盲目的相互竞争，竞争和排挤会产生沙文主义，而沙文主义确立了权势，就将挑起纷争和奴役。心灵说，智慧和公正要战胜愚昧和邪恶。那种势力毁灭了巴比伦，摧毁了耶路撒冷，使古罗马的建筑夷为平地。正是那种势力造就了刽子手与吸血鬼——人们竟称他们为“伟人”，连他们的名字也显得尊贵！书籍被迫将这些人的争斗记入各章各节，这些人给大地染上斑斑血迹，大地还不得不背负着他们……

兄弟！是什么使你鬼迷心窍，跟着那些欺骗你、坑害你的人跑？真正的权势是维护公正法则的智慧。如果一个政权处决杀人凶手，

① 该隐是《圣经》故事中人类始祖亚当的长子，因妒忌而杀死其弟亚伯。

② 据《圣经》传，亚那是犹太大技师该亚法的岳父，耶稣被出卖后，首先被带到他那里。

把盗贼关进监狱，然而却去侵略邻国，屠杀成千上万无辜的人，掠夺土地、财产，那么它有何正义可言？让凶手去惩罚杀人凶犯，叫强盗去处分窃贼，岂不荒谬？

你是我的兄弟，我爱你！爱是最高形式的正义。如果我对你的爱有什么欠缺、不周，那我就是两面三刀，以爱为幌子，掩盖自私的罪恶目的。

结　语

我的心灵是我的朋友。如果时乖命蹇，它将我安慰；当生活产生灾患，它为我排忧。谁不是自己心灵的朋友，谁就是公敌。谁从自身得不到安慰，谁就会绝望地死去。因为生命发自人的内心，而不是来自周围。

我到这世上，是为了说话。我将会说出来，如果不等我说出，死神就召我回去，那么，未来将把它说出来。因为未来不会留下什么秘密，让它隐藏在无尽的苍穹里。

我来到这世上，依靠爱的荣耀和美的光明生活。瞧，我活着，人们无法让我离开我的生活。假如他们剜去我的眼睛，我将以用耳朵倾听爱情之歌和美的旋律为享受。假如他们不让我呼吸空气，那我就同我的心灵生活在一起，心灵是爱与美之女。

我到来是为了大家，离不开大家。今天我在孤单中所做的，明天将把它当众宣布。我现在用一张嘴所说出的话，未来会有许多张嘴去说。

1919

关偁 译

行列圣歌

善人若受威逼，其善虚假，
恶人即便葬入坟墓，其恶昭昭。
大多数人是时光拨动的机器，
运转一日，就出故障：
不论其是学富五车的学者，
还是道貌岸然的绅士。
高贵者是牧人呵斥下的羊只，
谁裹足不前必遭淘汰。

森林中没有牧人，
噢，也没有羊群。
冬天已然来临，
不见春天催行。
人生在世身为奴仆，
侍奉刚愎自用的头领。
一旦他奋起
所有的人都与他同行。

给我笛子，你歌唱，
歌声哺育智慧，
即使荣耀和屈辱已逝，
笛声依然悠扬。

人生就是梦，
梦境随心所欲。

忧伤遮盖心灵的隐秘，
忧伤消失，又被欣喜代替。
欢乐掩饰生活的真谛，
欢乐离去，又被烦恼遮蔽。
假如不顾欢乐或者烦恼，
又陷入惶惑的境地。

森林中没有忧郁，
噢，也没有愁苦。
微风吹拂，
毒雾不至。
内心的忧愁，
是难于久留的幻影。
心中的愁云间，
星辰在缝隙里闪烁。

给我笛子，你歌唱，
歌声抹去所有的忧伤。
即使时光逝尽，
笛声依然悠扬。

世上满意生活者少，
它来得容易，毫无烦恼。
他们视生活长河为幻想的杯盏，
举杯便烂醉如泥。
人们开怀畅饮，
似乎醉死就是其全部利益。
祈祷者乱来，富有者行乐，
还有人陶醉在梦幻里。

尘世是酒店，时光是经理，
只有醉鬼才满意。
若见到清醒者，你会说："怪事！"
月亮竟藏在月亮里。

森林里没有沉醉，
无论因酒精或者幻觉。
潺潺小溪，
流着长命之水。
沉醉是乳汁，
哺育人间万机。
人们衰老亡故，
才到断奶的时期。

给我笛子，你歌唱，
歌声是最美的琼浆。
纵然高山夷为平地，
笛声依然悠扬。

人们的宗教是田园，
需求者才去耕耘。
有人渴望天堂之乐，
无知才惧怕地狱火焰。
若不是复活清算，谁去崇拜上帝，
若没有来世惩罚，哪个信奉宗教。
宗教好似他们的交易，
大意者亏本，有恒者盈利。

森林中没有宗教，

噢，也没有卑鄙的忤逆。
假如黄莺鸣啭，
不说这是真理。
人的宗教似阴影，
降临又逝去。
在穆罕默德和耶稣之后，
人间再无宗教创立。

给我笛子，你歌唱，
歌声是最美的祈祷文章。
即使生命消失，
笛声依然悠扬。

人间正义使精灵哭泣，
死人见了亦忍俊不禁。
卑贱者犯法被关押处死，
高贵者犯罪把荣华享尽。
窃花者遭耻笑鄙弃，
盗田者却出人头地。
杀人者因之被杀，
毁灵魂者无人知悉。

森林中没有正义，
噢，也不存在惩罚。
柳树婆娑，
阴影投向大地。
柏树不会说，
这是异端，触犯神律。
人间正义如冰雪，

一见阳光化成水滴。

给我笛子，你歌唱，
歌唱心中的正义。
即使罪恶全部消灭，
笛声依然悠扬。

人间真理属于力量，
强者昌，弱者亡。
无论穴中有无狮王，
它的气息让狐狸心慌。
欧椋鸟心惊胆战地翱翔，
苍鹰将死，仍威震一方。
精神折服膂力，
不论你承认与否。
若有弱者称雄，
同类纷纷逃亡。

森林里没有强者，
噢，也没有弱者。
当狮子怒吼，
你不说它威严可惧。
人的力量似幻影，
在思想的天空遨游。
人间真理像秋天树叶，
终将凋零、腐败。

给我笛子，你歌唱，
歌声是心灵的力量。

纵使太阳毁灭，
笛声依然悠扬。

人类认知是漫漫长路，
起点已明，终点是命运。
假如你获得理想真谛，
将在昏睡者间遭嘲笑。
理想者孤单一人，
被人们轻视憎恨。
他是身披未来披风的先知，
不被留恋昔日披风的人们承认。
对这世界及其居民来说，他是陌生人，
不论人们斥责还是同情，他心胸坦诚。
尽管外貌软弱，他仍是强者。
无论人们亲疏，他远在他乡。

森林中没有知识，
噢，也不存在愚昧。
树枝摇曳，
也不说这是智慧。
人间知识，
一如田间雾气，
如若太阳自地平线升起，
瞬间消失殆尽。

给我笛子，你歌唱，
歌唱这真知灼见。
即使星辰泯灭，
笛声依然悠扬。

自由者与对手竞建牢狱，
却不知自陷其间。
即使摆脱同胞的囹固，
仍遭野心家奴役。
他聪颖过人，但刚愎自用，
即使真理也是相对，有时过头。
他放荡不羁，又轻率莽撞。
即使在荣耀巅峰，
强中更有强中手。

森林中没有自由，
噢，也没有卑微的奴隶。
荣耀即荒谬，
似泡沫漂流。
即使桃树
将花瓣撒向大地，
也不会说，这太卑微，
而我却如此高贵。

给我笛子，你歌唱，
歌声就是门第、荣光。
高贵卑微可灭，
笛声依然悠扬。

世人的柔情一如贝壳，
表面光滑，里边无珠。
奸诈之徒两副面孔，
一面柔似面团，一面硬过岩石。
有的男子弱如纤女，

瘦骨嶙峋，弱不禁风。
温柔是恶人的盔甲，
遇难便以其自我保护。
而刚柔相济的强者，
则是指引盲人的眼目。

森林中没有温驯者，
一如懦夫般软弱。
冬青树旁，
高耸着豆蔻树。
孔雀展开艳丽的翅膀，
如同紫罗兰炫目。
不知是美色，
还是引诱。

给我笛子，你歌唱，
歌唱和善之人的文雅。
即使强弱消失，
笛声仍然悠扬。

人们的文雅是伪装，
百般效仿最混账。
有人不学无术，
却孤芳自赏。
妄自尊大者自称君王，
自诩音韵铿锵，出口成章。
目中无人者将镜子作天宫，
自封是皎洁的月亮。

森林中没有似弱者无能的
文雅之人。
微风轻拂，
并非因病憔悴。
河水鲜美沁心脾，
如天堂甘泉润旱地。
河水奔腾，
扫光硬石。

给我笛子，你歌唱，
歌唱文雅和气量。
即使强弱消失，
笛声依然悠扬。

人们爱情样式繁多，
大都像野草，无花亦无果。
爱情多像琼浆，
少则赏心悦目，多则泛滥成灾。
情欲将其引到卧榻，
爱情随之衰落。
君王一旦作阶下囚，
众叛亲离，不求再活。

森林中没有浪荡子，
假装歌颂爱情的高贵。
若是公牛发情哞叫，
不认为这是爱恋。
人的爱情是疾病，
生于骨肉之躯。

如果青春消失，
病情亦即离身。

给我笛子，你歌唱，
歌唱真正的爱情。
美丽的容颜会消亡，
笛声依然悠扬。

假如你遇见痴情者，
虽饥犹饱，似渴非渴。
人们称他为疯子，
为爱情如此自我折磨。
难道为了这个女子，
竟值得哭肿眼窝。
你说，他们是未生即死的动物，
不亲身体验，怎能懂得生活？

森林中没有非议，
噢，也没有监督。
羚羊发情狂叫，
惋惜伴侣的离去。
苍鹰不长啸，
此事属蹊跷。
智者说，
怪事就在我们之中。

给我笛子，你歌唱，
歌唱真正的痴狂。
理智和镇定会消失，

笛声依然悠扬。

你说，我们忘了开拓者的业绩。
即使洪水泛滥，仍不忘痴情人。
亚历山大想的是杀戮，
而盖斯却把爱情之宫筑在心间。
前者的胜利包含着失败，
后者的失败产生出胜利。
我们知道爱情在心灵而不在肉体，
如酿酒不为沉醉而为启迪。

森林中没有怀念，
只有情人的柔情绵绵。
狂妄的统治者，
蛮横跋扈，
最后变为犯罪者名册中
一个个字符。
我们称可耻的肉欲，
是明显的征服。

给我笛子，你歌唱，
把强者的暴虐全忘光。
百合花里盛满了
晨露，而不是血浆。

人间幸福是期望的幻影，
一旦成真，遭人厌烦。
它如一泻千里的江河，
到达平原，便浑浊蹒跚。

向往冒险是人之乐趣，
假如实现，便心灰意懒。
遇险即退的幸运者，
你可说他的品行可为殷鉴。

森林中没有愿望，
噢，也不存在厌烦。
森林已拥有全部，
怎会舍本求末？
身在希望之林还求什么？
森林将一切都满足。
活着是一种期望，
其实是一种病状。
给我笛子，你歌唱，
歌唱火与光。
悠扬笛声是理想，
永不颓废沮丧。

心的目标藏心底，
不让相貌露端倪。
有人说，这就是灵魂，
达到完美，如烟消渺无信息。
好似果实成熟，
轻风拂过，即遭树枝厌弃。
有人说，这就是躯体，
它躺倒，心灵不能安息。
就像溪中倒影，
溪水混浊，全无踪迹。
原子不能埋入身体，

也不在灵魂中咽气。
北风展开智慧的翅膀，
东风就让它凌空鼓翼。

我没有发现
灵与肉之间的差异。
空气是飘撒的浪花，
露珠是静止的水滴。
馨香是飞舞的花朵。
土地是安谧的蓓蕾。
白杨的影子是白杨，
夜晚时躺在地上。

给我笛子，你歌唱，
歌唱心灵和躯体。
晨曦晚霞都会消失，
笛声依然悠扬。

躯体是灵魂的子宫，
灵魂出世，躯体完成使命。
灵魂是胎儿，死亡是分娩，
没有难产和早生。
人间有不育的阴影，
似无弦的弯弓。
他们是异乡人，
枯枝旱地中怎样产生性灵？
地上有多少没有芳香的野草，
天上有多少不下雨水的乌云。

森林中没有不育者，
噢，也没有局外人。
枣椰林的秘密，
在椰枣核里隐蔽。
圆形蜂巢是个象征，
哪里是田园，哪里是荒地。
“不育者”这个词汇，
取自“无声无息”。

给我笛子，你歌唱，
歌唱生机勃勃的躯体，
即使美丑不见，
笛声依然悠扬。

死亡是大地之子的终结，
在苍穹里是开端和胜利。
梦中拥抱黎明者长寿，
彻夜沉睡不醒者早逝。
清醒时依恋土地者，
死后也将回归土地。
死亡如浩瀚海洋，
身轻者越过，体重者坠落海底。

森林里没有死亡，
噢，也不存在墓地。
春日匆匆离开，
欢乐未结伴而去。

怕死神是一种幻觉，

在人的心间闹鬼。
有人虽然只活一春，
长于若干个世纪。

给我笛子，你歌唱，
歌唱永恒的秘密。
即使万物不存，
笛声依然悠扬。

给我笛子，你歌唱，
忘掉你我说的一切。
言语是尘埃，
告诉我你的作为。

过去，你是否同我一样，
放弃宫殿，居住林旁。
溯溪水寻觅源泉，
攀巨石登峰峦？
你可曾用芳香沐浴，
用阳光揩干身躯？
可曾举起苍穹之杯，
畅饮玉液般的晨曦？
你可曾同我一样，
晚间独坐藤蔓间，
看串串葡萄低垂，
似盏盏金灯高悬？
那是干渴者的甘泉，
是饥馑者的食粮。
它是花蜜，馥郁芳香，
是贪杯者的佳酿。

夜晚，你可曾坐在草地，
将太空盖在身上，
思忖未来之事，
往事渐渐全遗忘？
夜晚寂静如茫茫大海，
波涛汹涌响耳旁。
夜晚唯有一颗心，
跳跃在你卧榻上。

给我笛子，你歌唱，
忘掉药品和疾病，
人是用水写成的
字迹行行。

但愿我能知晓，
为何要聚拥一道？
为何要争论喧闹，
打斗争吵？
这一切是鼹鼠洞、蜘蛛网，
纵横交错，永无头绪。
谁虚弱地活着，
就是在缓慢地死去。

岁月若由我安排，生活在林间，
早已生机盎然。
时光于我是一种目标，
每当我寻觅森林，它便力劝。
命运的法则无可改变，
人哀叹乏力，不能如愿。

图书在版编目(CIP)数据

泪珠和欢笑/(黎巴嫩)纪伯伦著;关偁等译.—北京:
中央编译出版社,2011.10
(纪伯伦全集)

ISBN 978-7-5117-0954-7

Ⅰ.①泪… Ⅱ.①纪… ②关… Ⅲ.①散文诗—
诗集—黎巴嫩—现代 Ⅳ.①I378.25

中国版本图书馆CIP数据核字(2011)第155486号

泪珠和欢笑

出 版 人:和 龑
策 划:韩慧强
责任编辑:刘文利
责任印制:尹 珺
出版发行:中央编译出版社
地 址:北京西城区车公庄乙5号鸿儒大厦B座(100044)
电 话:(010)52612345(总编室) (010)52612363(编辑室)
(010)66130345(发行部) (010)66509618(读者服务部)
(010)66161011(团购部) (010)52612332(网络销售部)
网 址:www.cctpbook.com
经 销:全国新华书店
印 刷:北京瑞哲印刷厂
开 本:880×1230毫米 1/32
字 数:70千字
印 张:4.75 **插页**:8
版 次:2011年10月第1版第1次印刷
定 价:20.00元

本社常年法律顾问:北京大成律师事务所首席顾问律师 鲁哈达
凡有印装质量问题,本社负责调换,电话:010-66509618